講談社文庫

掟上今日子の旅行記

西尾維新

講談社

掟上今日子の旅行記

一日目

1

たまたま知り合いと出会うことは珍しい。約束も待ち合わせもなく、それが旅先での出来事となれば尚更（なおさら）だ。ましてそれが異国での遭遇となれば、まずありえないと言っても過言ではないだろう。

その上、その知り合いが、他に類を見ないこの世にただひとりの、最速にして忘却探偵となると、これはもう人違いを疑うのが、真っ当な推理である。

しかして、彼女は名乗った。

「初めまして。探偵の掟上今日子（おきてがみきょうこ）です」

前言撤回。

白髪（はくはつ）の彼女が、一日ごとに記憶がリセットされる忘却探偵である以上、互いを知り合いだと認識しているのは、僕のほうだけだ。

しょっちゅう会っても、たまたま会っても、あるいは、どこで会っても、今日子さんにとって僕、隠館厄介は初対面の男なのである。

と、そこで今日子さんは首を傾げた。

すわ、僕を思い出したのかと期待したけれど、それは万が一でさえない淡い期待だった——単に彼女は、

「Enchantée」

と、土地柄に合わせて、「初めまして」を言い直しただけだった。

「こ……こまんたれぶー？」

動揺のままに、僕は唯一知っている現地の言葉、つまりはフランス語で、彼女に応じた——いや、意味までは知らないのだけれど。

2

そもそも僕のような、内閣調査室の監視対象にまでなっている冤罪体質の、国家レベルで怪しい男が、今現在、フランスの首都、世界一の観光都市である花の都パリにいる事情を、順序立てて説明しておくべきだろう。でないと、『奴め。とうとう国外逃亡を図りやがった』と、不用な追っ手がかかりかねない——愛読書の一冊ではあるものの、

そんな角度から『八十日間世界一周』を、追体験してみたいとは思わない。

違う。犯行範囲を拡げようなんてしていない。

そうでなくとも、朝昼晩と、一日三回、日課のように職務質問を受ける僕が、各国の入国審査をスムーズに通れるとはとても思えなかったので、僕には『海外を旅して、見識を広げてみたい』なんて知識欲は、まったくなかった。

もしも言葉の通じない海外で冤罪をかけられたらなんて、想像するだけでぞっとする――『探偵を呼ばせてください』なんて、今となってはお馴染みの決め台詞も、通じなければ意味がない。

探偵を呼べなければ僕の人生はおしまいだ。

そんな僕が、英語圏でも漢字圏でもないフランス行きの飛行機に乗ることになったのは、いやはや運命の悪戯としか言いようがないけれど、ただしそれもまた、僕の冤罪体質ゆえである。

そちらは既に解決した事件なので紹介を手短に済ませるけれど、とある旅行代理店に就職（再就職、または再々々々就職）した僕は、例によってと言うべきか、いつものことと言うべきか、光栄にもある犯罪の容疑者の筆頭候補としてノミネートされ、そしてそれも例によってと言うべきか、いつものことと言うべきか、事件に相応しい探偵（この場合は鉄道探偵）を呼び、無罪を証明していただいた。

その後、職場を騒がせたかどでクビになってしまったところまで、例によってのいつものことだったが、退職金（慰謝料でもあり口止め料でもある）として僕に渡されたのがパリへの一人旅だったあたりから、風向きが変わってきた。

なかなか経験のない強風だった。

風と言うなら、金券やポイントによる還元は今風でもあったし、ある意味現物支給だったけれど、現実的には、顧客がキャンセルしたチケットを、体よく押しつけられたみたいなものだった。

やるじゃないか。

逸失利益の補塡とトラブルメーカーへの涙金問題を一挙に片付けるとは、とんだ処分セールである。

経営者がそこまでのやり手なら、職場を去るにあたって心残りは清々しいほどなかったけれど、使い道に困るチケットを、どうにか売り払えないものか頭を悩ませていたところ、出版社勤務、漫画雑誌の編集長である友人紺藤さんから、

「いいじゃないか、厄介。どうせ暇だろ、行ってこいよ」

と、勧められた。

「またしても紺藤さんに言われてしまったね。いつだって言われてしまうんだ。確かにどうせ暇だよ。時間だったら売るほどある。なぜだったかな？　そうそう、なにせ、無

職になったばかりだから」

「拗(す)ねるなよ。いいところだぞ。それにヨーロッパならお前くらいの背丈の奴がごろごろいるから、案外、馴染めるかもしれないぞ」

海外勤務の経験もある紺藤さんからのアドバイスを、拗ねはしつつも、割と素直に受け入れたのは、だいたいのことは紺藤さんの言う通りにしておけば間違いはないのだという確かな経験則もさることながら、さすがの僕も、冤罪続き、退職続きの生活に、いい加減気が滅入っていたからかもしれない。

限界を感じていたのだ。

行き詰まった生活に、変化を求めていたとも言える。さながら自分探しの旅に出る大学生みたいな動機だけれど、僕としては、むしろできれば自分の人生を見失いたいくらいで、ならば誰も自分のことを知らない土地に足を延ばしてみるのも悪くないと、そんな風に思ったのだ。

誰も自分のことを知らない土地。

そして、誰のことも知らない土地。

前者はともかく、後者の孤独を味わうことは、日々、記憶がリセットされる忘却探偵の境地を、あるいは垣間(かいま)見られるんじゃないだろうか——と、そんな不純なモチベーションまで抱いたことは、紺藤さんにも内緒だが。

そんなわけで、あれよあれよと流されるままに、風の向くまま空気を読んで、僕は短時間で、フランス行きの準備を整えなければならなかった。パスポートを取るのにやたら苦労したり、トランクを買っただけで警察の皆さんが自宅に押し掛けてきたり、いろいろあったけれど、今となってはいい思い出だ。

そう、旅に出る前のあれこれではあるが、あの頃はまだ楽しかった。

3

手荷物検査がたちどころだったとは言いがたかったし、待ち時間を含めれば十五時間近くに及ぶフライトが快適だったとは言いがたかったし、それと同じくらい時間がかかったんじゃないかというような入国審査が愉快だったとは言いがたかったし、リヴレゾン・バガージュですぐさまトランクが出てきたとも言いがたかったけれど、とにもかくにも、僕は生まれて初めて、異国の地に降り立った。

正式名称、フランス共和国。

本土の総面積、約五十五万平方キロメートル。

日本との時差、八時間（夏は七時間）。

通貨はユーロ。

自由(ブルー)と平等(ブラン)と友愛(ルージュ)のトリコロール。

　こうなると、否が応でもテンションはあがる。非日常感にわくわくする。

　さすがに、僕くらいの背丈の人間がごろごろいると言うのは大袈裟(おおげさ)な表現だったけれど、紺藤さんの勧めに従ったのは正解だったと、我ながら気の早いことで、この時点でもう思った――ぴかぴかの国際空港内を行き交う多様な人々の姿を一望することで、母国で抱えていたすべての悩みがちっぽけに思えた。

　なんとよくある感想なのだろう。

　けれどこんなよくある感想こそ、僕が切望していたものだ。

　意味もなく、ただただ高まり昂る気持ちの赴くままに大声で叫び出したい衝動に駆られたけれど、すんでのところで思い止まったのは、行き交う多様な人々の姿の中に、ひときわ目立つ旅行者を認めたからだ。

　眼鏡をかけた、白髪の若い女性だった。

　日本においてはともかく、海外では珍しくもない――とは、言えないだろう。いくらお洒落(しゃれ)の発信地である花の都だとしても、目立たずにはいられない、目を引かずにはいられない、一点の曇りもない、見事な純白だった。

　足首まである、薄手のトレンチコートにブーツを合わせ、ストールを羽織っている。

　細腕には不似合いな大きさの、タイヤのついていないトランクを洒脱にもふたつ提げて、彼女は空港出口のほうへと向かっていた。

「…………？」

いやいや、そんな馬鹿な。こんなありえないことがあるか。見間違いに決まっている。今日子さんが――忘却探偵の掟上今日子、置手紙探偵事務所所長の掟上今日子が、フランスにいるわけがない。

到着して五分で里心がついたのか、きっと日本を懐かしむ気持ちが見せた幻覚のようなものだろう――と、自分に言い聞かせるように、僕はそう思ったけれど、しかし空港を見ただけであれだけ感極まっていた直後に、そんな強引な説得工作が効を奏するはずもなく、僕の足は自然、彼女の後ろ姿を追った。

探偵を尾行するなんて、まるで悪い冗談のようだけれど、しかし、このような事態を、見蕩れこそすれ、見過ごすことなどできなかった。

僕の体格はおよそ尾行に向いているとは言えないけれど、しかし、それはあくまでも日本国内のお話――まして、これだけ混雑した国際空港なら、最低レベルのテクニックによる追跡でも、すぐには気付かれることはないだろう。

尾行してどうしようというこれと言った考えがあったわけではないのだが、せめて、真偽をはっきりさせたい。

あの今日子さんは、本物なのか偽物なのか（人違いだったとしても、別に偽物というわけではないにしても)。

ひょっとして同じ便だったのだろうか？

それだったら、日本の空港の時点で、あの総白髪を見つけていても不思議じゃないはずだが……、違うな、僕が退職金（あるいは手切れ金）代わりに受け取ったチケットは普通席、いわゆるエコノミークラスだった。第一線の名探偵として活躍している今日子さんなら、ファーストクラスとは言わないまでも、ラグジュアリーなビジネスクラスに乗っていたと見るべきだ——お金を愛する今日子さんだが、そのお金遣いは結構荒いし、また、職業柄の安全面を考慮しても、そうしている可能性は高い。

リヴレゾン・バガージュで手荷物を回収する際に、トランクひとつの僕とトランクふたつの今日子さんの座席の格差が埋まったと解釈すれば、今の今まで、僕が彼女を見つけられなかったことに疑問はない。だが、もっと根本的な疑問もある。

忘却探偵は国外には出られないだろう？

冤罪体質の僕が、海外旅行に際して、関係各所からもみくちゃにされ、聴取の嵐を受けるのとはわけが違う——己の正体を覚えていない彼女は、まずもって、パスポートが取得できないいんじゃないだろうか。

また、無職の僕と違って、事務所所長である今日子さんは、日々、探偵稼業に忙殺されていて、海外旅行に出る暇なんてなさそうなものだ。

考えれば考えるほど、今日子さんがフランスにいるのは不自然だとしか思えなかったけれど、しかし、不自然ではあっても、不似合いではなかった。

同じ服を二度着ているところを誰も見たことがないと言われるほどファッショナブルな今日子さんは、少なくとも百九十センチ台の僕の身長が馴染むのと同じくらいに、フランスの華やかな雰囲気に馴染んでいた。目印となる特徴的な白髪でなければ、あっさり群衆の中に溶け込んで、見失っていただろう。

ビジネスクラスに乗っていたという推理があたっているのなら、空港から目的地（どこ？）に向かうにあたって、タクシーを利用するかもしれないと思ったが、白髪の彼女が向かったのは、バス乗り場だった。

バスか。

忘却探偵という職業柄、日本国内でも、車載カメラを警戒して、タクシーに乗ることを控える今日子さんらしい交通手段で（もっとも、フランスのタクシーがカメラを搭載しているかどうかは知らないが）、ますます、白髪の彼女が今日子さんだと裏付けられるようではあったけれど、同時に、助かったという思いがあった。

退職金から退職金で食いつないでいるような、わけのわからない生活を送っている僕だけれど、今回は、この旅行自体が退職金の産物である——なので、両替してきた手持ちのユーロは結構、心許(こころもと)ない。ちなみにクレジットカードの限度額引き上げには失敗した。

だからここでタクシーを利用されていたら、その時点で僕の素人（しろうと）なりの尾行は終了していただろう。まあ、ユーロのことは後先考えなければともかくとしても、運転手さんに『前のタクシーを追ってください！』とお願いできるだけの語学力は、僕にはない。第一、それは日本語でだって、とても言えやしない危険な台詞だ。

逆に言えば、ここで彼女がタクシーを利用していてくれたなら、僕の初めての海外旅行は、通常軌道に戻れていたのだが。

僕は同じバスに乗り込んだ。

フランス語表記で、果たしてどこ行きなのかもわからないバスに乗り込むというのだから、我ながらどうかしている……、乗車料金から判断すると、そこまで長距離の高速バスではないと期待するのだが、なにせ勝手がわからな過ぎる。もしも到着した空港から遠く離れたニース行きのバスだったりしたらどうしよう。

追跡している相手と同じバスに乗るというのは、尾行術としてタブーかもしれなかったけれど、何はともあれ空港に発着しているバスである、必要以上におどおどしなければ、日本人観光客など、さして珍しくもないだろう。

第一、僕からすれば忘却探偵は、幾度も危機から救ってくれた恩人であり、また、恩人以上の存在なのだとは言え、しかし、忘却探偵からすれば、僕は一介の依頼人であり、また、それ以上でもそれ以下でもない忘却の対象である——たとえ乗り込むときにばっちり目があったとしても、彼女が僕に気付くことはないはずだ、彼女が僕の思う彼女ならば。

それでもついつい、身をかがめるようにしながらこそこそとバスに乗った僕だったけれど、幸い、そのとき今日子さんは、こちらを向いてはいなかった。両手がトランクでふさがった状態で、いったいいつどうやって購入したのか、バスの真ん中あたりの席に座る今日子さんは紙コップでコーヒーを飲んでいた。その手際のよさ、抜かりなさ、スピーディな動きは、もうどう考えても揺らぎなく今日子さんなのだが……、バスを降りたあとのこと（あとの尾行）も考えて、僕は最後尾まで移動した。

ささやかな知恵だ。

尾行者と言うより、こうなるともはやストーカーの域だけれど……、故国で冤罪をかけられ続けた僕が、海外で本物の犯罪者になってどうするのだ。

ばかばかしいことをしていると、自分でも思う——それに、あれが今日子さんだったとして、だからどうだと言うのだろう。

たとえ声をかけたところで、どの道忘れられているのだから、海外での思わぬ『再会』に、わいわい話が盛り上がるわけでもない。折角ですから軽く食事でも——なんて流れには絶対にならない。

電話をかけて事件解決を依頼するたびに『初めまして』と言われる、まあ切ない経験を、わざわざ好き好んでプライベートでもする必要はないだろう。好き好むを通り越して、それはもう酔狂である。

犯人と疑われるのもつらいが、変人と疑われるのもつらい。

どうして（そしてどうやって）今日子さんが海外にいるのかは定かではないけれど、我が身に振りかかった冤罪というわけでもないのだし、そのくらいの謎(なぞ)は抱えたまま、ここはつつましく見なかった振りをするというのが、成熟した大人の判断じゃないだろうか——などと、あれこれ逡巡(しゅんじゅん)している振りをしている間に、バスは発進した。

ある意味で、海外旅行に対するスリルと不安が、いきなり根こそぎ吹き飛んだようなシチュエーションだった。それよりも何よりも、後ろから見る今日子さんの白髪頭が、ふらふらと、いかにも眠そうに揺れていることに、僕ははらはらする。

今寝ちゃったら、いったいどうなるんだ？

一日ごとに記憶がリセットされる忘却探偵である——より正確に言うなら、眠るたびに、彼女の記憶はリセットされる。

仮眠でもうたた寝でも、その厳格なルールには一切の例外がない。目が覚めたら、いきなり海外のシャトルバスの中にいるなんて非日常の状況に、果たして忘却探偵は対応できるのだろうか。

ビジネスクラスだろうとエコノミークラスだろうと、機内で半日を過ごしたはずだし、相当の時差もあって体内時計も正常には機能しまいし、ハードな業務を軽やかにこなす今日子さんがいくらタフでも、限界はあるはず。

そうか。感じていた一番の違和感は、それか。

どう考えても、どんなロスの少ない過酷なスケジュールを組んだとしても、一日で往復することができないヨーロッパに、一日で記憶がリセットされる忘却探偵がいることは、誰の目にも明らかなほど、おかしいのだ。

それに比べれば、パスポートがどうのというのは、極めて些細な問題である。とても、ただの偶然では片づけられない。

たとえるなら、南極ではない南国でペンギンと出会ってしまったような、重大な違和感なのだ——いやまあ、直感に反して、実際には割と、南国にもペンギンはいるそうなのだけれど、それは論点が異なるとして。

仕事であれプライベートであれ、休暇であれ旅行であれ、継続的な活動をおこなわないはずの忘却探偵が、どうしてしきたりを破って、あの要塞のごとき事務所、掟上ビルディングを離れ、地球の裏側でバスに乗ってコーヒーを飲んでいるのか——僕はこの謎を、スルーすることができなかったのだ。

……国外でおこなわれるストーキング行為の言い訳としては、これでもまだ足りないかもしれないけれど。

4

今日子さんが眠ってしまわないかはらはら心配しているうちに、いつの間にか僕のほうがうとうと、寝てしまった――やはり、慣れない長時間フライトは、思っている以上のダメージを、僕の肉体に与えているらしい。異国のテンションと、そんな異国で知り合いを発見した驚きだけでは、誤魔化しが利かないほどの疲労が、眠気という形で襲ってきた。

人の心配をしている場合かと叱りつけられるしかない、尾行者にあるまじき失態だったが、気が付けばバスは停まっていた。

ここはどこだ？　いや、フランスだが、フランスのどこだ？

来ちゃったか、ニース？　はたまたモンテカルロ？

僕以外の乗客が――白髪の彼女も――全員降りて、がらんどうになったバスから、僕は慌てて、転がるように脱出する。

ここがどこかよりも、今日子さんらしき女性がどこに行ったのかのほうが、今は重要だった。最速の探偵が、目を離したらいなくなっているという目まぐるしい展開には慣れっこの僕だったが、今回は完全に僕の恥ずべきボーンヘッドだった。

やはり素人には尾行は難しい。

己の迂闊さを心の底から呪いながら、はばかることなく、僕はきょろきょろ、あたりを見渡す——駄目だ、まるで美術書の中に迷い込んだような異国情緒あふれる石造りの町並みが素晴らし過ぎて、どうしても目が散ってしまう。

どうやら行き先不明のシャトルバスは、僕を都会のど真ん中まで運んでくれたらしい。空港を出発してから経過した時間を基に推理すると、僕が元々目的地としていた首都のパリか、その近辺だろうか？　だったら助かるのだが……、海外でいきなり迷子とは。

聞くところによると、パリにはすべての通りに名前がついているらしいのだけれど、住所を示す標識のようなものはないだろうか、いや、あってもフランス語は読めない……、それでも読めないなりに何かの足しにはなるはずと、結局、先に現在地を確認しようとした僕だったが、これがよかった。

日本なら、信号機に地名看板が引っついているはずだと、とりあえず横断歩道のほうを見たとき、信号待ちをしている今日子さんを見つけたのだ。

「あっ……」

思わず声が出てしまったが、それは雑踏にかき消される——ほっとする間もなく、日本のそれとはだいぶデザインの違う信号機の色は赤から青に変わり、彼女は道の向こう側へと歩き出す。

もう一切迷わず、僕は駆け出した。

異国ではぐれた知り合いと、再びあいまみえたような嬉しさがあった。もちろん、旅程を共にしているわけではないのだから、ただの図々しい錯覚なのだが——歴史を感じる石造建築の角を折れ、路地に入った彼女を、僕は追う。

追いついた。

彼女は角を折れたところで、足を止めていた——もっと言えば、踵を返して、こちらを向いていた。

正面から僕を見据える笑顔だった。

「何かご用ですか？」

「…………」

いくらなんでもこんな近距離で見れば、そして声を聞けば、百パーセント間違いなく、この今日子さんが、僕の知る今日子さんであることは明白だった——そして、僕の尾行が、どうやらある時点からはバレバレだったことも、明白だった。

信号待ちをする振りをして、僕をこの路地へと誘ったのか——尾行を振り切るのではなく、迎え撃つあたり、おっとりしているようで実は強気な今日子さんらしい。

「初めまして。探偵の掟上今日子です——Enchantée」

「こ……こまんたれぶー？」

「………………」

今日子さんの穏やかながらも強気な笑顔が、ややひきつった。

だが、すぐに取り直して、「On se connaît?」と訊いてきた——いや、語尾から疑問文だと判断しただけで、何を訊かれたのかはまったくわからず、僕はおたおた、戸惑いの表情を浮かべるだけだった。

あとから知ったことだが、コミュニケーション中に曖昧に黙ってしまうこの動作は、海外でもっとも適切ではないリアクションらしい。いっそ日本語ででも、まくしたてるように喋ったほうが、まだしもコミュニケーションは成立するそうだ。

異国において、沈黙は金ではない。

だが、今日子さんは、単に僕がフランス語を解さない旅行者であることを確認したかっただけらしく、

「以前、どこかでお会いしましたか？」

と、すみやかに和訳してくれた。

「あ、えっと……」

そもそも今日子さんが、フランス語を流暢に喋れることに驚いている僕だった——

ああ、でも、そう言えば、僕にこの旅行を勧めてくれた紺藤さんが、いつかの折に言っていたことがある。

その昔、今日子さんらしき人と、海外勤務の時代に会ったことがあるとか、ないとか……、つまり、今日子さんが外国語を習得していても、なんら不思議はない。

ならば同じく、忘却探偵が海外旅行をしていても、おかしくはないのか……？

「何らかの事件で、あなたが仕組んだトリックを看破し、あなたが犯人だと指摘したのでしょうか。申しわけありません、覚えてないんです。忘却探偵ですから」

僕の表情だけを見て、どうやら初対面ではないらしいと推量した今日子さんはさすがだったが、その後は、的外れだった——今日子さんから冤罪をかけられては、隠館厄介も来るところまで来た感じである。

まあ、ストーカーと思われるよりは、探偵を逆恨みする犯人と思われたほうが、いくらかマシか……、とは言え、この誤解を解かないわけにはいかない。

このままでは現地警察に引き渡されかねない。余罪を追及されかねない（ないけど）。

そう言えば、確かフランスって、ＩＣＰＯの本部があるんじゃなかったっけ？

あのＩＣＰＯ？

「ち、違います。ぼ、僕はあの、今日子さんの依頼人、いえ、昔、疑われたとき、何度も助けられて、名探偵の推理を、困ったときは電話をかけて、あ、隠館厄介といいます僕は、お忘れでしょうけれど、隠館というのは、隠避(いんぴ)の隠に……、じゃなくて、隠れんぼの隠れに、館(やかた)シリーズの館……、厄介の字は、厄介(やっかい)と書いて厄介です、名前負けしているというか、それで今日子さんをいつもいつも手間取らせてしまって……、あ、でも、でもたまに行きがかり上、事件のお手伝いなんかをさせてもらったり、えっと」

フランス語どころか、日本語もすっかり不自由になってしまっている。これでは、どうぞ疑ってくださいと、懇願(こんがん)しているようなものだった。

怪しさを前面に押し出してどうするのだ。

だが、今日子さんは「んー」と、そんな僕の、容疑者一歩手前の容儀を観察するように、眼鏡の向こう側から凝視する。外面どころか、精神的な動揺の奥の奥まで、見透かされているようだ。

「お手伝い、ですか。ワトソン役ってことですか」

「い、いえ、今日子さんは助手を必要としないタイプの探偵でして……、僕なんてもう、端役も端役で」

そういうことを訊いているわけでもないのだろうが、僕がたどたどしくそんな風に続けようとすると、「よろしいでしょう」と、今日子さんは僕に、ひょいひょいとトランクを、左右からふたつとも放り投げてきた。

わ、わ。

遂に攻撃を受けたのかと思って狼狽したけれど、しかし、どちらのトランクも思ったより軽かったので、なんとか両方とも受け止められた。

軽いと言うか、ほとんど空っぽじゃないのか？　何これ？

いや、それに、たとえ空だとしても、どうしてそのトランクをパスされたのだ？

「フランスもレディーファーストの国ですよ。いけませんねえ、隠館さん。常識を疑われますよ？　女性に荷物を持たせたままにしておくだなんて」

「はあ。はあ？　いえ、疑われるのは慣れていますけれど……、はあ？」

「立ち話もなんですね。折角ですから軽く食事でも——ちょうど、ホテルに向かう前に、寄ろうと思っていたカフェがあるんです。異国で『たまたま』出会った日本人同士、偶然を当然のように助け合いましょう、ムッシュ」

今日子さんは冗談っぽくそう言って、軽やかなステップで路地を抜け、表通りを優雅に——えらくご機嫌そうに、歩き出したのだった。

5

どうやら、シャトルバスの行き先は、パリで正解だったらしい——今日子さんがそう教えてくれたわけでもないし、日本人向けの看板地図があったわけでもないけれど、トランクを苦しい姿勢で、自分の分も含めて三つ抱えて今日子さんのあとを（おありがたいことに今度は本人公認で）追っていると、何よりも雄弁に現在地を語る建築物が、僕の視界に飛び込んできたのだった。

エッフェル塔。

世界中の人間が知っている、パリの象徴とも言える鉄塔である。

凱旋門（がいせんもん）やルーヴル美術館と並んで、もちろん、僕の退職旅行のコースに入っている、観光スポット中の観光スポットみたいな場所だったけれど、こんな形で、いきなり、何の心構えもない状態で見ることになるとは思っていなかったので、僕は「うわあ！」と、声を立てて驚いてしまった。

ガイドブックによると、全長三百二十四メートルとのことだったが、それ以上に大きく見えるのは、たぶん周囲が公園になっていて、正面からだけでなく背景に到るまで、観賞を妨げるものがないからか。

そして、ただ大きいと言うだけでなく、そのダイナミックな形状にも大いに目を引くものがあった――『鉄の貴婦人』との異名を取っているとのことだが、それも頷（うなず）けるデザインである。

おそらくその足下は世界中からの観光客でごった返しているのだろうけれど、その距離からでは、全貌が把握できるとは思えない――それとも、ひょっとして、鉄塔の中に這入れるのだろうか？

「おやまあ、エッフェル塔に興味津々ですか？　隠館さん。だったら、より一層、助け合えそうですね。さて、カフェはこちらですよ」

今日子さんはそう言って――より一層？――、まるでここが自身の出身地でもあるかのようなスムーズな足取りで、街角のお店に入っていく。一見、カジュアルそうなカフェに見えて、窓からはエッフェル塔の凜々しい姿が望めそうだし、そもそもエッフェル塔があの角度に見えるということは、ここはもしや、あの有名なシャンゼリゼ大通りなのではなかろうか？

立地条件からして、かなりお高いお店なのでは……。

「ご心配なく。私のおごりです」

今日子さんは店員に『Bonjour』と挨拶してから席に座り、そんなことを言った――なんてことを言った？

今日子さんのおごり？

守銭奴今日子が、誰かに何かをおごったりすることがあるのか？

高い能力をおごらず、安い食事もおごらないというのが今日子さんのキャッチフレーズだったのでは？

やはり人違いだったのか？

かつて経験したことのない混乱の極みのただ中から、未だ脱出できずにもがいている僕を後目に、今日子さんは手際よく注文を済ませている——店員さんとのなごやかなやり取りを見ていると、本当に地元の人みたいだ。

僕が衝撃を受けたエッフェル塔の勇姿を前にしたときも、むしろ、その威風堂々とした佇まいを、いい意味で見慣れているような振る舞いでさえあった。さながら『お変わりなく。元気そうで何よりです』と、親しげに挨拶でもするように。

だけど忘却探偵の今日子さんが、エッフェル塔を『見慣れている』なんてことがあるわけ——いや、可能性としては、あるのか。

それが、今日子さんが記憶を失う以前の出来事ならば、あるいは、その後に記憶が積み重なっていない分、いつまでも新鮮で鮮烈な記憶として、フランスの風景、パリの町並みが、頭の中にとどまるものなのかもしれない。

その辺りの『リセット』の仕組みは未だ解明されていないので、軽々に勘繰るわけにはいかないけれど……。

いろいろ考え、悩んでいるうちに（今日子さんはそんな僕を、面白そうに見ていた——どことなく顔つきが母性愛あふれる感じなのでわかりにくいけれど、今日子さんは基本的に、人が困惑しているのを見て楽しむという、実に探偵的な、悪趣味な傾向がある）、今日子さんが注文した品々が、テーブルにずらりと並べられた。

エスプレッソの小さなカップがふたつと、色とりどりのマカロン、フルーティなタルト、しっとりとしたカヌレ、焦げ目輝くクレーム・ブリュレというラインナップだった――コーヒーを注文すれば問答無用でエスプレッソが出てくる点はもちろんのこと、カフェの外観にひけを取らない、見た目からしておいしそうなスイーツ類も、嬉しくなってしまう期待通りのパリっぽさではあったが、いかんせん、量が多過ぎるのではなかろうか。

「ご心配なく。甘味は全部私のです」

「それはそれで心配ですけれど」

「糖分をね。取っておきたいんですよ。取れるうちに」

今日子さんはそう言って、上品な仕草でマカロンから手をつけ始めた――いや、何の説明もないまま、カフェでのくつろぎタイムが始まってしまっているけれど、どうして今日子さんは、僕をお茶に誘ったのだ？　『初対面』の『ストーカー』でしかない、この僕を？　しかも（コーヒーだけとは言え）おごり？

日本人同士、助け合いましょう。

なんて言っていたけれど、僕が今日子さんの助けになれることなんて、これまでほとんどなかった。謙遜でなく、本当になかった。絶対になかった。邪魔立てをしたことこそあれ――まして、海外で？　これで僕が、パリのすべての通りを熟知しているようなフランス通で、今日子さんが通訳兼ガイドを欲しているというのならば、そんな素敵なストーリー展開もありえるだろうが、実際はその逆である。

今もう既に、半ばそうなってしまっているように、ほぼ一方的に、僕が今日子さんにアテンドをお願いするような形になるだろう。

待てよ、糖分？　糖分を取っておきたい？

それはつまり、このあと、頭を使う予定だからという意味合いではないのか？　つまり、今日子さんは、プライベートやバカンスで、あるいは里帰りでフランスに来たわけではなく――

「ええ。お察しの通り、私は仕事で来たんです。はるばるフランスはパリまで、推理旅行ですよ。こちらをご覧ください――ある手紙の、写しなんですけれど」

僕の心中を、それこそ察したようなことを言って、今日子さんは、右腕の袖をまくりあげた――むき出しにされたその素肌には、次のような文章が記されていた。

6

『ごきげんよう。

近日中に、エッフェル塔をいただきに参上致します。

なにとぞご用心ください。

怪盗淑女(かいとうしゅくじょ)』

7

眠るたびに記憶がリセットされる今日子さんが、己の素肌を備忘録代わりにしていることは、知る人ぞ知る公然の秘密だ。

たとえば、これと反対側の左腕には、常駐的に、『私は掟上今日子。探偵。一日ごとに記憶がリセットされる。』と言うようなプロフィールが書かれている。

しかし、『ある手紙の写し』だという文章は、フランス語でそう書かれていたので、見せられても、僕には何と書かれているのか、なまなかなダイイングメッセージよりも解読不能だった——フランス語かどうかも断言できない語学力だ。なので、右記の文面は今日子さんに訳してもらったものである。

ただ、訳されたからと言って、その意図するところを十全に理解できたかと言えば、それはまったく問題が別だった。

エッフェル塔をいただく？

怪盗淑女？

「これは……、夢のある子供がノリで書いた作文か何かの写しですか？」

「パリ警視庁に届けられた正式な犯行予告状の写しですよ。たとえ子供がやったとしても、ノリでも悪ノリでも済まされません」

今日子さんは真顔で言った。

確かにそれは、日本でだって、ノリでも悪ノリでも済まされない行為だ。

だけど……、と、僕はカフェの窓から外を見る。

位置関係的には、そこまで近いはずでもないのに、あくまで巨大に、どこまでも壮大にそびえ立つエッフェル塔——あれをいただく？

つまり……、盗む、と？

「オーギュスト・デュパンではなく、アルセーヌ・ルパンというわけですね」

もっとも盗みの予告状は彼のお孫さんのイメージでしょうけれど——と、今日子さんは付け加えた。

ははあ。

怪盗紳士（しんし）をもじって、怪盗淑女か。

歴史的には散々使い倒されたもじりかたではあるだろうが、それだけに直接的で、曲解の余地がない文章である。

単なる言葉遊びだろうから、淑女と書いてあるイコールで、差し出し主が女性と判断するのは、まあ早計だろう。叙述トリックと言うほどでもない性別誤認トリックが仕掛けられている余地がアリアリだ。

「悪ふざけじみた文面ではありますが、日本の民間探偵にまで依頼が来たところを見ると、パリ警視庁、あるいはインターポールは、これを本物だと——少なくとも、有効な文章だと、判断しているということでしょう」

言いながら今日子さんは、シャツの袖を戻した。晒しっぱなしにするのはよろしくないという判断なのだろうか——だとすれば、僕が今日子さんからからかわれているだけという線もなさそうだ。

からかわれてみたいものだが。

しかし、それにしても話のスケールが大き過ぎる。エッフェル塔くらい大き過ぎる、そのままだが。

海外で冤罪をかぶせられたらどうしようと、気を揉んでいた僕だけれど、少なくともこの犯罪に関しては、その恐れはなさそうだった——どう考えても、僕の手に負える事件ではない。

僕の背丈など、ちっぽけなものだ。

「でも、今日子さん、海外から事件解決の依頼とか、来るんですね」

「来るみたいですね。別段これが初めてのことではないと思います。覚えていませんけれど」

自慢げにでもなく、さらりとそう言って、「ただ、普通ならば依頼があっても丁重にお断りするはずです。置手紙探偵事務所のモットーは、『どんな事件でも、一日以内に解決する』ですもの」と続けた。

そうだ。それは僕が、さっき思ったことだ。

仕事であれ私事であれ、最速の探偵であるがゆえに、今日子さんはどんな行動も、一日以上、継続しておこなうわけにはいかないのだ——基本的には。

例外もある。

たとえば、それこそ僕が『手助け』することになったある事件では、彼女は五日連続で徹夜して、強引に記憶や推理も連続させていた。

とんだルール違反もあったものだが、では、今回も例外と言うことか？

人類の至宝であるエッフェル塔を大胆にも盗もうだなんて絶対に許せないと、湧き上がる義憤に燃えた今日子さんは、睡眠不足も覚悟の上で、海を越えてフランスまでやってきたのだろうか。

「ええ。まあ、そんなようなものです」

違うらしい。

「うーん。予告状の有効無効、本気度はともかく、当たり前に考えて、不可能犯罪ですからね。ミステリーでいう不可能犯罪ではなく、普通に不可能な犯罪です。嚙み砕いて言えば、『エッフェル塔が盗まれるのを防いでほしい』というのが、依頼内容ということになりますけれど、正直、何もしなくてもいいくらいです。世間を騒がす犯行予告状には、当然、適切な対処をするべきでしょうが、しかし、そういった捜査捜索には、探偵の出る幕はなさそうですよね。海外だと、捜査の勝手も違いますし」

勝手知ったる土地柄のように、パリの町並みを歩んでいた今日子さんだったが、一応、ここが『海外』だという認識はあるらしい。

「じゃあ、どうして今日子さんは、フランスにまで……」

もしもここで、『だったらどうしてあなたこそ、フランスに？』と訊き返されていたら、かなり情けない説明責任を果たさなければならないのだが、幸い、今日子さんは僕という男にそこまで興味がないらしく、「依頼料が破格のプライスでしたからね」と、あっけなく答を返してくれた。

いえ、マジであっけないんですけど。

「私は職業探偵ですから。お金でいくらでも融通（ゆうずう）が利きます」

「…………」

「交通費も食費も宿泊費も出してくれるそうで。飛行機なんてファーストクラスでしたよ。私、ファーストクラスなんて初めて乗りました。多分ですけど」

ファーストクラスだったのか。

同じ飛行機だったとしても、そりゃあ、会えないわけだ。エコノミークラスとは東京とパリくらいの距離があると言ってまったく過言ではないだろう。

じゃあ、僕が飲んでいるこのコーヒーも、厳密には今日子さんのおごりではなく、クライアントのおごりなのか。

なるほど、それならば万事滞りなく納得――できるかどうか、微妙なラインである。

もちろん、まるっきりの嘘ではないのだろうし、置手紙探偵事務所の方針が、金額次第でぐらぐらに揺らぐと言うのは、実にリアリティに満ちあふれるリアリスティックなお話ではあるのだけれど、ただ、これが海外ともなると、わけが違う気がする。本人も認めているように、捜査の勝手も違うだろうし……。

「疑いますねえ。助手をお願いするには、もってこいの人選です」

今日子さんは茶化すようにそう笑った。

笑って誤魔化したとも取れる。

「お洋服をいっぱい買い込みたかったんですよ。トランク、意外と軽かったでしょう？あれが、帰りはずっしり重くなってる予定なのです」

「……そうですか」

ファッショナブルな今日子さんだから、その言葉だって全部が全部嘘じゃないだろうけれど、やはり真実を言っていない気もする。

嘘をつくなら、僕にばれないようなもっともっともらしい、説得力に満ちあふれる嘘をつくことだって、今日子さんならできるだろうから、これは『依頼を受けた本当の理由を、あなたに教えるつもりはありません』と、言外に宣言しているのかもしれない。

守秘義務絶対厳守の探偵なのだから、当然か。

そんな探偵が、ここでアシスタントを求めるのは、ならば前と同じく、『今日子さんが眠らないように、かたわらで起こし続けてもらうため』だろう。

それだけ聞くと、探偵に適切な場面で適切なヒントを出し続けるという、本来助手が負うべき役割に比べて、比べものにならないくらい楽なように思えるかもしれないけれど、正直、気が重い作業で、前に担当したときは、どんな額の給料をもらおうと、二度としたくないと思った仕事である。

ただし、これは断れない。

海外で今日子さんを見捨てるみたいになるのは、後味が悪い——眠りにからめて言うなら、夢見が悪い。

たとえ無職でなくとも、するしかない就職である。

「ちなみに今日子さん。今の時点で、どれくらい連続で起きているんですか？」

「日本で依頼を受けた時点から、一睡もしていません。なので——およそ三十時間くらいでしょうか。これくらいなら、まだ余裕ですね」

それでまだ余裕というのもすごいし、逆算すると、依頼を受けた直後に空港に向かったことになるそのバイタリティもすごい。

助手なんて雇うと、お互いに嫌な思いをするだけなのだから、別にひとりでも大丈夫なんじゃないかとさえ思う——少なくともついさっきまで、今日子さんはそのつもりだったはずだし。

「目標は百時間連続の覚醒ですかね。一緒に頑張りましょう、隠館さん」

ぐっと、ガッツポーズを取る今日子さんだったけれど、前回、睡眠不足の結果、自分がどれだけ不機嫌になったか忘れているからこそ取れるガッツポーズである——こうなると、今日子さんには最速の探偵として、一刻も早く事件を解決してほしい。

えっと、依頼内容は『エッフェル塔が盗まれるのを防いでほしい』というものだけれど、『近日中』なんて、犯行日時がはっきりしているわけじゃないから……、大手を振って『事件を解決した』と宣言するためには、やっぱり、犯行予告状を出した犯人を特定しなければならないのかな？

怪盗淑女か。

子供の悪戯である線を、常識人の僕としてはまだまだ捨てきれないけれど……、まあ、名探偵がいるなら、怪盗もいるのか？

と、そこで僕は、肝心な質問をまだしていなかったことに、思い到った。なにぶん、犯行（予告）の規模が大き過ぎて、行き届いてなかったが……、海を越えて、今日子さんに依頼をしたのは誰なんだ？　一日以内に解決できる事件しか受諾しないという、置手紙探偵事務所のルールをぐにゃりと曲げる、強烈な横車を押した依頼人は……。

今の話だと、パリ警視庁とか、インターポールとかになるのか？

「それがわからないんですよ。代理人に代理人を重ねての依頼でしてね――ただ、支払いの素晴らしさを考えれば、かなりの大物であることは間違いないでしょう。日本政府に口添えして、パスポートを持たない私を超法規的に、出国させてくれたくらいですし」

「……大丈夫なんですか？」

副次的に今日子さんの出国に関する謎がそれで解けたが、依頼人不明というのは、探偵にとって、あまりいい条件ではない――しかも、話を聞いていると、置手紙探偵事務所のそれに限らず、ルールをねじ曲げることをなんとも思っていない節もある。個人なのか組織なのか不明だが、大物どころでは済まないのでは……。

エッフェル塔を守るためにはなりふり構わない、タワー愛好家みたいなクライアントなのだろうか。

「依頼人が正体を隠したがるのは、自然なことですよ。そこを探ろうとするのは、エチケット違反です」

　と、今日子さん。

『依頼人は嘘をつく』が信条の、置手紙探偵事務所の所長らしいご意見ではある――前金もたっぷりもらっているのだろうし、クライアントが何者かを調査する時間があるなら、犯人を推理することに注力しようというわけか。

　立派な姿勢だ。ただし危なっかしい。

「なので、仮にパリ警視庁が、世界の裏側から世界の裏側へ、日本警察を通して私に依頼したのだとしても、表だって協力態勢を取るわけには参りません。個の力で、事件と向き合う必要があります――個の力と、ささやかなパートナーシップで。わたしと、そして隠館さん、あなたで」

「……わかりました。助手を務めさせていただきます」

　聞けば聞くほど、不安と心配が増す一方だったので、いっそ話を切り上げるように、僕はそう言った。

　まさか初めての海外旅行が、こんな展開になろうとは……、僕の人生は、一生こんな感じなのだろうか。

　その重責に、沈鬱（ちんうつ）な気持ちになる僕とは対照的に、言質（げんち）を取ったとばかりに今日子さんははしゃいだ声で、「Je ne sais comment vous remercier!」と言った――なんて言ったんだ？　満面の笑みから察するに、お礼の言葉だろうか。

「では、隠館さん。疑うわけではありませんが、気持ちが変わらないうちに、一筆いただいてもよろしいでしょうか？　何せ、私、忘却探偵なもので。万が一眠ってしまったとき、起きてフランスにいるだけでも仰天なのに、そばに正体不明の巨人がいたらびっくりしちゃいますから」

正体不明の巨人で悪かったですねと言い返したい気持ちもあったけれども、生憎こちらには、疑惑芬々のストーカーと言われなかっただけマシだという決定的な弱味があった。

なるようになれと、半ばやけっぱちみたいな気分で、僕は今日子さんが差し出してきたマジックペンを受け取った。

まあ、こんな署名だって、初めてのことではない――今日子さんは、やはり覚えていないにしろ、これも前に助手（起こし役）を務めたときに、あったことである。

雇用契約書と言うのか、労働誓約書と言うのか、そういうものを書かされた。

置手紙探偵事務所にとっての公式な紙面、すなわち、今日子さんの素肌にである。

確かあのときは右腕に、臨時の助手として、職務を忠実に果たすという誓いの文章を……、あれ？

いや、でも、今回はその右腕が、怪盗淑女からの『犯行予告状』の写しで、埋まっているのだけれど……、僕はどこに、一筆記せばいいのだろう？

マジックペンからキャップを外しつつ、僕が素朴な疑問を呈したら、

「ここに」

と、今日子さんはトレンチコートの下に着ていたロングシャツの裾をぺろりとまくりあげて、先ほど大量のカロリーを摂取したばかりだとはとても信じがたいほどに贅肉を感じさせない、恐らくはどんな高級紙よりも書き味がなめらかであろう、まっさらな腹部を晒したのだった。

8

私、隠館厄介は、フランス共和国滞在中、貴方、掟上今日子の助手を、あらゆる労役を拒むことなく、勤務時間の定めなく、無制限の努力をもって、粉骨砕身の心持ちで、命をかけて務めることを固く誓います。

9

エッフェル塔に近付くよりも前に、まずは件の、『犯行予告状』の実物を見なければ

話になるまいということで、今日子さんはさしあたっての目的地を、パリ警視庁と定めた。

日本の警察から依頼を受ける際も、基本的には非公式で捜査協力をおこなっている置手紙探偵事務所なので、フランスの警察組織がクライアントであるという線は、意外とありそうな気もするのだけれど、たとえそうでなくとも、日本政府（！）から超法規的に話が通っているのであれば、証拠品を見せてもらうくらいのことは可能だろう。

僕がトランクに入れて持ってきた、今回の旅の命綱とも言えるガイドブックで確認してみると、パリ警視庁の住所は、今日子さんが宿泊する予定のホテルと立地的に近かったので、時間がちょうどよかったこともあり、まずはチェックインして、僕の分も含めたトランクを置いていくことにした。

ついでに（と言うより、それが目的で、チェックインを前倒しにしたのだと思われるが）着替えることにした今日子さんを、僕は心細くもロビーで待つことになる。

助手と言うより召使いのような扱いだったけれど、まあいいだろう——今日子さんの恩恵(おんけい)に浴して、本来は貧乏旅行をおこなうはずだった僕も、このような、さながら古城のごときゴージャスなホテルに宿泊できることになったのだから、文句を言う筋合いなどあるはずもない。

今日子さんの着替えを待つ間、特にすることもないので、僕は改めて、ようやくの落ち着いた気持ちで、今日子さんが現在請け負おうとしている奇怪な事件について考える。

エッフェル塔を盗むという、大胆な犯行予告状。

犯人も不明なら、依頼人も不明。

どちらも不明とは言え、依頼人のほうは、まだしも『怪盗の手からエッフェル塔を守る』という強い目的意識を感じるという意味では、共感できなくもない――だが、犯人の目的意識は、不明を通り越して意味不明だ。

エッフェル塔を盗んでどうするんだ？　部屋に飾ることも、売ることもできまい――面白半分で言っているとしか思えない。

「…………」

いや。

面白半分の愉快犯――だからと言って、真剣でないとも限らない。

そもそも、ガイドブックによれば、エッフェル塔自体、確固たる目的意識があって建てられた建造物ではないらしい。かつて開催された、万博のシンボルとして造られたものの、決して何かの役に立つ、目的のある建設、建設的な建設ではなかったと言う――どころか、当初は万博が終われば、取り壊される予定だったとか。

決して最初から、花の都の象徴だったわけではないのだ――むしろ、石造りの町に鉄塔を建てるなんて景観を壊すことははなはだしいという趣旨の反対運動も、盛んにおこなわれていた。

それが、取り壊しを待っている間に、日進月歩で通信技術が発達し、エッフェル塔は今で言う電波塔として、使えるようになったらしい。

戦時下において、無線通信の主軸として、政府や軍に使用されているうちに、テレビやラジオといった新しいテクノロジーもみるみる発達して、言うなら後付けの目的を果たしているうちに、時代も変わり、世代も移り変わり、景観を壊すと非難囂々だったエッフェル塔は、パリの景観そのものの地位を盤石にしたのだ。

建築家、ギュスターヴ・エッフェルが、極論、『建ててみた』塔に、いつしか役割が生まれ、目的が生まれ、今に至る——深く掘り下げれば、いろんな考察が得られそうなエピソードである。

だからと言って、面白半分で建てられた塔ならば面白半分で盗んでいいというわけではないし、むろん盗まない（盗めない）にしたって、面白半分で、犯行予告状を出していいと言うことにもならないが。

……案外、犯人は、すっかり馴染んだ今でも『エッフェル塔はパリの景観を壊す』と思っているノスタルジィにとらわれた人物で、だから面白半分ではなく嫌がらせで、そんな手紙をパリ警視庁に宛てたのかもしれない。

そう考えれば、さして深い意味もなさそうな、適当な偽名（『怪盗淑女』）にも納得だ――だとすると犯人は、まさか日本から名探偵が招かれるような大事になるなんて、思いもしていなかったのだろう。

悪戯を真に受けてしまった依頼人は、無駄な散財をしたことになるけれど、まあ、探偵への依頼なんて、半分は取り越し苦労みたいなものだ。

それが小説にならないだけで、数々の探偵に、数々の依頼をしてきた僕が言うのだから間違いはない。逆に言うと、探偵の労働の、半分は無駄働きになるということである。今日子さんのフランス旅行が無駄働きに、つまりは単なるショッピングの旅になることを、だったら僕は心から祈ろう――と。

事件のことをあれこれ考えていたはずなのに、いつの間にかいつも通り、結論は今日子さんのことになってしまう辺り、これぞ僕の思考回路という感じだが、それにしても、今日子さんが遅過ぎる。

時差に合わせて腕時計をアジャストしていなかったので、いまいち時間の経過がわかりにくかったけれど、気付けば一時間が経過していた。今は……、夕方の五時か？

パリ警視庁に向かい、それからビストロで夕飯をいただいて（今日子さん、すなわち謎のクライアントのおごり）、食事中に今後の方針の打ち合わせをし、最後にエッフェル塔の真下を目指そうという段取りになっていたが、これでは、その予定を組み直さざるを得まい。

土地勘のない場所で、あまり遅くに出歩くのは危険だ。今日子さんには土地勘があるみたいだけれど、しかし、うら若き女性の夜間外出は、土地勘があろうがなかろうが、推奨されるものではあるまい。

一晩ゆっくり休んで、疲れを癒して、改めて明日の朝に——なんて、的外れ極まりないことを思ったところで、僕は立ち上がった。

そうだ。僕はともかく、今日子さんは疲れを癒しちゃいけないんだ——寝ちゃいけないんだ。それは、今夜以降の話じゃなく、今、まさにこのときにも。

それなのに。

いくら女性の身支度に時間がかかるのは、古くからの習わしといえども、今日子さんは最速の探偵なのだ——着替えるだけなら、早着替えのごときスピードで、部屋から降りてきそうなものである。

そんな彼女が、いつまでたってもロビーに姿を現さないというのは、それだけでただならぬ異常事態だと判断すべきじゃないのか？

部屋にひとりになって、ちょっと魔が差して、身体を伸ばしてみようとベッドに横になってしまって、そのまま軽く目を瞑ってみたら、いつの間にやらすやすやと……なんてあるあるが、今日子さんに限ってはないとは、決して言えない。

どころか、あの人はその点、結構なうっかりさんだ――今までも何度となく、犯人の罠にあえなく引っかかり、せっかく推理した事件の真相を忘れてしまったことがある。

だからこそ、僕のような一時的な助手が必要になる局面も生じるわけだが、だとしたら、ロビーでエッフェル塔の歴史を浅く遡っている場合じゃない。

今日子さんのおなかに記した雇用契約書に基づいて、早速、その役割（起こし係）を果たさなければ。

これこそが取り越し苦労であればいいのだがと思いながら、僕はエレベーターを待ちきれず、階段を一段飛ばしで今日子さんの部屋へと向かう。

カード型のルームキーを、予備を含めてフロントで二枚もらった今日子さんは、うち一枚を、何かあったときのためにと、僕に預けていた。信用されているのか、無防備なのか、どうにも読み切れない奔放な行動だったけれど、それがまさか、こんなにも早く活きてこようとは……。

いくら最速の探偵だからと言って、ピンチに陥るスピードまで最速である必要はないだろうにと愚痴りながら、僕は息切れしつつ、今日子さんの部屋へと到着した（結局、エレベーターを使ったほうが早かったかもしれない。最速の助手にはなれない）。

一応、ノックをしたり、インターホンを押したりしてみるも、部屋の中から反応はなし――言語に絶する事態を予想させる無反応だが、それでも、まだ僕の取り越し苦労である可能性は高いだろう。

ここで慌ててはならない。

今更ながら。

ロビーで待ち合わせる際、はっきりと時間を決めたわけじゃないし、普通に着替えに時間がかかっていて、今は単にシャワーを浴びていて、だからノックの音に気付かなかっただけというのが真相だとすれば、今、勝手に合鍵で部屋に飛び込んだら、僕の進退にかかわる大惨事になりかねないけれども、けれど、僕だって伊達に修羅場を（他力本願で）くぐり抜けてきたわけじゃない。

トラブルの気配には、それなりに敏感なつもりだ——嫌な予感の的中率は、平均値を逸脱して高い。今日子さんがいきなり、ホテルのベッドで眠ってしまっているという展開は、大いにあり得る。

名探偵のようにそう決めつけ、犯罪者になるのを覚悟の上で、僕は部屋の扉を開けたのだった——そして。

10

そして、結果から言えば、僕の直感は、半分だけ当たっていた。いや、僕が直感できたのは半分までだったと言ったほうが正確か。

今日子さんがベッドの上で横臥の姿勢で倒れていたのは、ある意味で予想通りの事態だった——ただし、着替えは終えていた。

足首まで届くような丈のニットワンピース。

目を閉じた表情は穏やかだし、規則正しく呼吸している様子からすれば、ただ眠っているだけのようだが、眠るとすれば、着替える前か、あるいは途中だと思っていたので、着替えてからベッドに倒れ込んだのだとすれば、よっぽど疲れていたのか……、徹夜二日目くらいなら、ものともしないタフネスを誇る今日子さんだけれど、やはりフライト疲れとなると、そうは問屋が卸さなかったのだろうか。

忘却探偵の性質上、どうしても長距離移動には不慣れだろうし——そう思いつつ、とにかく今日子さんを起こさないといけないと、彼女の眠るベッドに近付きかけたところで、僕は足を止めた。

覆水盆に返らず。

リセットされた記憶は、どう手を尽くそうと、蘇ることはない。

ならば、早く起きようと寝過ごそうと、うたた寝だろうと熟睡だろうと、同じことと言えば同じことなのだ——助手としての役割を、いきなり果たせなかったという己のミスを取り繕うつもりはないけれど、でも、だったらいっそ、これでよかったのかもしれないと、僕は思った。

前向きとは言わないまでも、仰向けに思った。

今日子さんの姿勢は横臥だが、まだ、探偵活動を始める前でよかった。依頼や事件を忘れてしまったのは痛恨の極みだけれど、しかし、推理した真相、あるいは集めた証拠や情報を忘れてしまうよりは、これははるかにマシだ――こうなると、クライアントの正体が不明だったことさえ、いいように受け取れなくもない。

普通なら、クライアントが誰だったか忘れてしまうと、依頼者の利益を何より重んじなければならない職業探偵としての業務に根本的な支障を来すけれど、この場合、依頼人は最初から誰だかわからないのだから、忘れようが忘れまいが大差ないのだ。

だったらいっそ、ここで入眠直後であろう今日子さんを無理に起こすようなことはせず、探偵にはじっくり休んでもらうのがベストだろう。ミスをしたときは、ミスを取り返そうとするのではなく、そのミスを活用するべきである。

今日子さんが助手として、僕に課した仕事の第一条が、今日子さんが眠らないようそばで見張っておくことだったことは間違いないが、それが適わなかった場合の第二条は、もしも今日子さんが事件の詳細を忘れてしまった場合、それを再びインプットすることだったはずだ。

僕が見る限り、今日子さんにはショートスリーパーのきらいがあるので、あえて起こすまでもなく、疲れがとれたらほどなく目を覚ますことだろう――このまま部屋の中で彼女の寝姿を眺め続けるのもどうかと思うので、僕はそれを、ロビーで待ち続けよう。

最悪、今夜はパリ警視庁で『犯行予告状』さえ見られればいいのだ、ビストロは潔く諦（あきら）めよう。ホテル付近にコンビニがあるのかどうかは知らないが（そもそもフランスにコンビニがあるのかどうかも知らないが）、まさかフランスでパンが買えないということもないだろう。期待していなかったと言えば嘘になるけれど、僕はもとより、本場のフレンチを楽しみに来たわけじゃない。そんな予算はない。

せめて事件の概要を書いたメモを、今日子さんの部屋に残しておくべきかと迷ったけれど、やめておくことにした――寝起きの忘却探偵に、無闇（むやみ）やたらと情報を入れるべきではないだろう。

左腕に書かれた備忘録、右腕に書かれた犯行予告状の写しだけで、聡（さと）い彼女が現状を把握するには十分なはずである。その上で、腹部に書かれた誓いの言葉を目にすれば、隠館厄介という助手が、近くに控えていることを察するはずだ。

網羅（もうら）主義の今日子さんが、手当たり次第に日本人を捜してくれれば、すぐにロビーで待つ僕に行き着くに違いない。

事件の概要を説明するのは、それからで十分だ――この際、忘却探偵にはすっきりした頭で、『怪盗淑女』に挑んでもらおう。

そんな風に考え、風邪をひかないようにそっと掛け布団をかけてあげて、そんなことで気遣いをしたつもりになって、今日子さんの部屋をあとにした僕の、なんと牧歌的だったことか。

浮かれていたとしか思えない。

事態はそれどころではなかったと言うのに。

二時間後、思ったよりも早くロビーに降りてきた今日子さんは――またしても着替えていた。胸ポケットにハンカチを飾ったブラックスーツと、それに揃えたスリムなシルクのシャツという、先程の可愛らしいニットワンピースとは対照的な、攻めたスタイルである。眠るたびにリセットされるのは、記憶だけじゃなく、衣装もなのだろうか？ワンピースもよかったけれど。――すぐに、ソファに座る僕に目を留めて、歩み寄ってきて、

「あなたが、私の助手の隠館厄介さんですか？」

と、確認してきた。

なんにしてもここから仕切り直しだと、僕が頷くと、いつも通りのお馴染みの仕草でぺこりと白髪頭を下げて、

「初めまして。怪盗の掟上今日子です」

と、彼女。

忘却怪盗は、そう名乗ったのだった。

「さあ、エッフェル塔を盗みましょう、最速で！」

11

私は掟上今日子。怪盗。

一日ごとに記憶がリセットされる。

12

「Apportez-moi la carte, s'il vous plaît」

眠る前と、即ち探偵だった頃と何ら変わらぬ流暢なフランス語で、今日子さんはギャルソンにそう言った——なんと言ったのかはわからないけれど、雰囲気から察するに、メニューを求めたのだと思われる。

結局、今日子さんを待つ間に、僕がロビーで暫定的にリスケした予定の、真逆をいくことになった——つまり、夕ご飯を省略してパリ警視庁だけを訪れるのではなく、今夜はビストロで食事をして、それからエッフェル塔に向かうことになった。

まあ、警察に自ら近付いていく怪盗はいないだろうし、逆に、夜に出歩くのは危険だ、なんて文言は、探偵相手には通用しても、怪盗相手には通用しない——闇夜に隠れるのは、怪盗の常套手段である。

そういう目で見ると、純白の髪と対照的な漆黒のスーツというのも、いかにもヴィランめいている……、悪の今日子さんという感じだった。

悪の今日子さん——忘却怪盗。

これはこれで——なんて、思っている場合ではない。

けれど、じゃあ、どうすればいいのかと言えば、完全にノープランだった。手のつけようがない緊急事態だ。

ホテルのロビーで、部屋から降りてきた今日子さんの名乗りを受けて、当初僕は、彼女がふざけているのだと受け取った——眠ってしまったことが決まり悪くて、ふざけているのだと思った。

けれど、今日子さんは真面目だった。大真面目だった。

考えてみれば、決まり悪いも何も、今日子さんは眠る前のことを忘れているのだ。そんな風におどける理由はない。

じゃあいったい何があった。

わけがわからなかったけれど、わけがわからないなりに、僕は衝動的に動いた。今日子さんの左手を取って、ジャケットとシャツの袖を一気にまくったのだ。普段の僕からは考えられない積極的な迅速さだったけれど、その結果、得られたのは、右記の文章だった。

私は掟上今日子。怪盗。

一日ごとに記憶がリセットされる。

「…………」

「どうされました？　厄介さん。私が変装した偽物だと思ったのですか？　この通り、私は本物ですよ。本物の掟上今日子、怪盗淑女です」

そう言って今日子さんは、空いている右手で己のほっぺを、ひねるようにした――いや、そんなルパン三世みたいな変装を疑ったわけではない。

僕の呼びかたが『隠館さん』から『厄介さん』に変わっている辺り、今日子さんの記憶がリセットされたことは間違いなさそうだ――こんな何かの間違いであってほしいこともないけれど、しかし、重要なのは、記憶がリセットされたことではない。

重要なのは、そこに上書きされた情報に、重大なエラーがあることだ。

私は掟上今日子。怪盗。

怪盗。怪盗。怪盗。怪盗。怪盗。怪盗。

「…………」

僕の記憶はリセットされない、特に、今日子さんとの出来事は、忘れようにも忘れられない、強烈な思い出ばかりだが……、それに照らし合わせて考えれば、これは今日子さん流の『なりきり』なんじゃないかと、僕はそこに一抹の救いを求めようとした。

置手紙探偵事務所の一時的な契約社員として、守秘義務を遵守するため詳述は控えるけれど、以前、そんなことがあったのだ――推理にあたって行き詰まった今日子さんが、わざと誤ったプロフィールを自分の肌に書いて、それを記憶がリセットされた状態で読み解き、言わば『昨日の自分に騙される』形で、前提やスタンスを変えて推理をおこなう、禁じ手風味な備忘録の裏技である。

それの応用で、今日子さんは怪盗になりきることで、今回の事件の犯人、犯行予告状を出した『怪盗淑女』の正体に迫ろうとしているのではないか――けれど、これが希望的観測でしかないことは、僕が一番よく知っていた。

今日子さん以上に知っていた。

左腕に、今日子さんの筆跡で書かれた備忘録。

今日子さん自身は、その備忘録を鵜呑みにしてしまったようだけれど――けれど、僕にはわかる。今日子さんにはわからなくとも、僕にはわかる――その備忘録には、一部だけ、今日子さんの筆跡でない部分がある。

もちろん、言うまでもなく、『怪盗』の二文字だった。

何者かが、今日子さんの筆跡を巧妙に真似て書いた——書き換えた、改竄したとしか考えられない。

これまで、今日子さんが書いてきた数々の字を見てきた僕だからこそできる、本人以上に正確な筆跡鑑定だ。

「……きょ、今日子さん。あ、あなたは怪盗なんかじゃありませんよ」

腕を放しつつ、僕はそう言ったけれど、今日子さんはその言葉を受けて、一瞬、きょとんとしたような顔をしたけれど、すぐに「ああ」と頷き、にやりと微笑んだ。

「そうですね。正体は隠さないといけませんね。大きな声で言うようなことではありませんでした」

駄目だ。

『自身の筆跡』による備忘録の信頼値が高過ぎる（あと、悪巧みの表情の今日子さんが可愛過ぎる）。

部屋で着替えていた今日子さんの身に、果たして何が起こったのかは想像するしかないけれど……、おそらく話の流れとしては、今日子さんはドレスチェンジ中にうっかり寝てしまったのではなく、何らかの手段をもって、寝かされてしまったのだ。

そうとしか考えられない。

ベッドの上で眠っていた彼女の、穏やかな寝顔からすれば、暴力的な手段を用いられ、無理矢理失神させられたわけじゃなさそうなのが、せめてもの救いと言えばせめてもの救いだが……、睡眠薬を使ったにせよ何にせよ、今日子さんを眠らせた『何者か』は、最小限の仕事で、目的を果たした。

即ち、

『私は掟上今日子。探偵。
一日ごとに記憶がリセットされる。』

という、左腕の備忘録の内、わずか二文字……『探偵』の部分を、『怪盗』と書き換えた――今日子さんの筆跡を真似て！

言葉にすれば簡単なようだが、しかし、筆跡なんてそうそう真似できるものじゃないし、だからこそ、たった二文字の模倣で収めたのだろう――それでも、怒りを通り越して感心するしかない、手際のいい仕事だ。

ことによるとストーカーと間違われかねない僕でも、あるいは、今日子さんのファンを自任するジャーナリスト・囲井都市子さんでも、ここまでのコピーはできない。

最初からそういう前提で読んだから、かろうじて見破ることができたけれど、僕だって騙されていても不思議はなかったくらいの精度だ。

ならば今日子さんが、それを自身の文章として信用してしまうのも無理はない――そう、たとえば、逆の手に書かれた、『犯行予告状』の写しと同様に！

自分の肩書きを探偵だとインプットした上で、右腕の文章を読めば、それは念のために記した、事件に関係する怪文書か何かだと理解するだろうが、しかし、自分の肩書きを怪盗だとインプットした上で読めば、それはもう、写しではなく、自身の決意表明となる。

だから今日子さんはあんなことを言ったのだ。

『さあ、エッフェル塔を盗みましょう、最速で！』

「……どうされました？　厄介さん。フランスに来てワインをいただかないおつもりですか？　それは無粋ですねえ。日本に来てお寿司を食べないようなものですよ？」

「あ、はい……、では、青ワインを」

「青ワインなんて存在しませんよ。バラじゃないんですから」

「え、えっと……、じゃあ、お任せします」

「承りました。眠くならない程度に嗜みましょう。折角の味を、すぐには忘れたくありませんからねえ」

探偵が怪盗になっただけで、忘却の性質などは変わっていないらしい――テーブルの向こう側で、手際よく注文を済ませていく彼女は、性格もキャラクターも、基本的には僕の知る今日子さんのままだ。

フランス、パリについての造詣の深さも眠る前と変わらず、案内されたビストロも、僕の持つガイドブックには載っていないながらも一流の雰囲気のある、ひとりだったら絶対に入れなかっただろう、通好みの店構えである。

言わせてもらえるならば、できれば今の、とても味がまともにわかるとは思えないコンディションで来たくはなかったお店だった——今日子さんは、純粋に機嫌よさそうに、楽しんでいるようで何よりだけれど。

最小限の仕事で、最大限の成果。

たった二文字書き換えるだけで、ここまで劇的に、まっさかさまにストーリーラインをひっくり返すとは……、エッフェル塔を盗むのを防ぐはずの名探偵が、まさか、盗む側に回ってしまうとは。

これは考え得る限り、最悪の状況——では、実はない。

もっと最悪のケースもあった。

忘却探偵にとって唯一、お金よりも価値がある、一日限りの記憶を奪った犯人は、あまつさえ備忘録を改竄した犯人は、確かに許し難いが、しかしその悪漢は、やろうと思えばもっと酷いこともできた。

先述したような暴力的な手段をもって今日子さんの意識を奪うこともできたし、いっそ回りくどい手段を取らず、脅迫して従わせることもできた。それなのに、言うならば一番平和的な手段をもって、今日子さんにエッフェル塔を盗ませようとしている——いけないと思いながらも、惚れ惚れしてしまうその手際は。

それこそ、怪盗紳士のイメージだ。

怪盗紳士――あるいは、怪盗淑女。

今日子さんの記憶を奪った――否、盗んだ悪漢の正体は、つまり……。

「では、仕事の成功を祈って――À votre santé!」

「……乾杯」

かな？　たぶん。

こうなると、海を越えて置手紙探偵事務所に依頼をしてきた、不明だったクライアントの存在も、果然、いろいろ勘繰りたくなってくる。

予告状を出した怪盗と、それを防ごうとした依頼人は、実は同一人物なのではないか？　最初から『怪盗淑女』は、今日子さんを日本から招いて、『怪盗淑女』に仕立て上げ、自分の代わりにひと仕事させるつもりだったんじゃあ――くそう。

だとしたら、ますますもって、自分のミスが悔やまれる――たとえ身支度のときだってそばにぴったりはりついて、片時も今日子さんから目を離すべきではなかった。

ふがいないにもほどがある。

一筆記した、あの誓いの文章はなんだったんだと、自分の頭を殴りたくなる――けれど、皮肉にも今となっては、あの文章だけが、唯一の希望だった。

『私、隠館厄介は、フランス共和国滞在中、貴方、掟上今日子の助手を、あらゆる労役を拒むことなく、勤務時間の定めなく、無制限の努力をもって、粉骨砕身の心持ちで、命をかけて務めることを固く誓います』

そう。

あの、今から思えば誓い過ぎなんじゃないかと危惧せざるをえない誓約書は、今日子さんの素肌に残ったままだ。

あの文章は有効なままである。

だからこそ、ニットワンピースからブラックスーツに着替え終え、部屋から降りてきた今日子さんは、まず、僕を探した。

隠館厄介という『助手』を探した――『探偵助手』じゃなく、『怪盗助手』としての、隠館厄介を。

左腕の備忘録を改竄した何者かは、上下がセパレートしていないワンピースという衣装の特性上、腹部の契約書を見落としたのか――それとも、気付きはしたものの、ただでさえ時間が限られている局面で、場所がデリケートな腹部では、消すことも書き換えることもできなかったのか。

確かに、下手に細工をしようとして、それで今日子さんが起きてしまったら、すべてが台無しである――実際、僕が昼間のカフェで、マジックペンで書いたときも、今日子さんはかなりくすぐったがっていた。

カフェの店員さんから変な目で見られたものだ。

変な目を通り越して、変態を見る目だったかもしれない——いずれにしても、犯人が気付いたとしても気付かなかったとしても、僕の文章は、そのまま残された。

だから、たぶん、下手人にとっては計算外なことに、今日子さんの記憶は消えても、僕という助手は残った。

役立たずの助手だが、いないよりはマシくらいの助手だが、いたらいただけ邪魔になりかねないような助手だが——相手にとってはさぞかしイレギュラーであろうこのシチュエーションを、生かさない手はない。

一応僕もやるだけのことはやってみようと、このビストロまでの道中、あなたは怪盗ではなく名探偵なんですよと、不毛な説得を試みたけれど、今日子さんの、自身の手跡に対する信頼は冗談抜きで強いらしく、すべて徒労に終わった。

「ははあ。助手なりに頭を絞りましたね。なるほど、名探偵の振りをして、エッフェル塔を盗もうというアイディアですか。しかし、探偵=犯人という手法は、それだけではもう使い尽くされているでしょう。盗みは斬新でなければなりません。まあ、ここはひとつ、怪盗淑女たる私に任せておいてくださいよ」

……当然と言えば当然か。

それは逆に、日本で名探偵として活躍する今日子さんに、

「あなたは実は怪盗なんですよ」

と言っても、一笑に付されるのと同じようなものだ。

そう考えると、『怪盗』という言葉の響きも絶妙だった。

これが『強盗』だったり『泥棒』だったりしたら、『いやいや、私がそんな反社会的な行為に及ぶわけがない』という否定の意識も働くだろうけれど、『怪盗』という呼称には、『名探偵』に匹敵する、ある種のロマンがある。ましてエッフェル塔を盗むというような、壮大かつファンタジックな目標は、もう善悪を軽く超えてくる。

信じ込んでしまうのも無理はない。

あまり強く説得しようとして、この危機的状況にかろうじて残った生命線である、助手としての信頼を失っても困る――だから、しばらくは従順な助手の振りをして、様子を見、機会を待つことにした。

今日子さんを怪盗にはしないし、させない。

数々の冤罪から救われてきた僕が、今度は、今日子さんが犯罪者となるのを防ぐのだ――これは皮肉ではなく、恩返しである。

そうしているうちに本物の『怪盗淑女』、あるいはクライアントの正体をつかむ機会も生まれるだろう……、どれだけ紳士的な振る舞いをしていようと、今日子さんの記憶

を奪った犯人は、しかるべき報いを受けなければなるまい。

　ただ、ここに来て興を殺ぐようなことを言うのはなんだけれど、責任を感じるのは当然としても、僕がそこまで気負わなくてもいいのかもしれない。

　犯罪者となるのを防ぐも何も、いかに知略縦横の今日子さんと言えど、現実問題、エッフェル塔を盗むなんてできるわけがないのだから。

　……できるわけがない、よね？

13

　かつてエッフェル塔はパリの景観を風景を台無しにすると建設に反対していたある文豪が、まさしくその言に反して、完成後はかなり頻繁にそのエッフェル塔を訪れていたそうだ――理由を訊かれて答えて曰く、『私の愛するパリの中で、エッフェル塔が見えないのは、この場所しかない』。

　エピソードとしてややうま過ぎると思っていたけれど、実際にはその文豪はパリを去っているという説もあることはさておくとしても、こうしてエッフェル塔の真下に足を運んでみると、やっぱり後世の作り話だったんじゃないかという思いが強くなる。

　僕自身、先刻遠目に眺めたときには、近付いてしまったら全貌が把握できなくなってしまって却ってわけがわからなくなるんじゃないかと思ったものだが、しかしながらこんな巨大な建造物が真近にあっては、たとえ目を閉じていたとしても、その圧倒的な存在を肌で感じずにはいられないからだ。灯台下暗しに、まったくならない。

もう、なんだか、なんと言っていいのかわからないけれど、とにかく滅茶苦茶でかい──こんな大きさの人工物を、いやさ万物を含めて考えても、頭上に感じたことがないので、震え上がるような気持ちにかられた。

意味もなくしゃがみ込んでしまいそうだ。

「ふっふっふ。これが今回の私の獲物ですか」

そんな風に、改めてパリの象徴に対する、畏敬の念にかられる僕とは対照的に、今日子さん──忘却怪盗は、不敵な笑みを浮かべていた。

不敵な笑みと言うか、不適当な笑みと言うか。

今日子さんの中の怪盗イメージは、いったい誰なんだろう……、アルセーヌ・ルパンとも、そのお孫さんとも違う気がする。

怪人二十面相かな？　確かにあの怪盗は、実際に読んでみると、結構純朴で、憎めない奴だったりもするのだが……。

ビストロでハイカロリーなデザートまでいただいたあと（今日子さんはデザートワインまで飲んでいた。今日子さんファンの第一人者みたいな顔をしておきながら恥ずかしい話だが、僕がこれまで知らなかっただけで、彼女は意外と酒豪らしい。たぶん、『探偵』のときは、職務中の飲酒を控えていたのだろうが、『怪盗』にはワインがよく似合うというキャラ合わせなのだと推測できる）、僕と今日子さんは、エッフェル塔を目指した。

夜に出歩くのは危険だという僕の不安は、実際にシャンゼリゼ大通りを歩くにあたっての、両サイドからの煌びやかな明かりによって、多少は解消された——まあ、名高い大都会だから、『夜』の概念も、いくらか遅めなのだろう。

もちろん、だからと言って夜が危険であることに変わりはないのだが、意気揚々と『盗みの下見』に出かけようとする今日子さんを止めるすべは、僕にはなかった。ボディーガードを務めるのみだ。

エッフェル塔自体もあかあかとライトアップされていて、こんな時間でも観光客もまだまだたくさんいた。塔の頂上付近で投光器が回転していて、もう少し前に到着していたら塔全体がダイヤモンドのようにきらびやかに点滅する時間帯もあったそうだ。

なんでも建築当初はガス灯でライトアップしていたらしい……、今はＬＥＤなのかな？

観光スポットの必然で、スリや置き引きにも、もちろん気をつけなければなるまいが、公園に入るときにちゃんとした手荷物検査もあったし、一定の安全性は確保されているようだ——とは言え、この群衆の中に、今日子さんではない本物の『怪盗淑女』がいるかもしれないと思うと、どれだけ惹きつけられようと、僕もエッフェル塔ばかりを見てもいられないのだけれど、考えてみれば部屋にひとりになったときを、今日子さんはピンポイントで狙われたのだから、案外、こうして人波に紛れていたほうが、僕達は安全なのかもしれない。

もっとも、僕のそんな気苦労を知りもせずに、当の今日子さんは、「みなさん、この鉄塔が明日には盗まれているとも知らず、楽しんでらっしゃいますねえ」と、悪そうに呟いていた。

明日には？

「もちろんです。私は最速の怪盗ですよ？　どんなお宝も、一日以内に盗み出します」

いえ、違うんですけど……。

お宝とか言ってるし。

さりとて、下手に反論して、怪盗になりきってしまっている今日子さんの気分を害してしまうのも、本意ではない。ただ気分を害するだけでなく、そのとき今日子さんは、助手をクビにしてしまう恐れがある。

僕の知る範囲では、個人事務所の所長でもある今日子さんが、（もちろん、怪盗ではなく探偵として）助手やボディーガードを雇うこと自体は、ままあることらしいのだけれど、結構簡単にクビにするらしい。

気性が激しいわけではなくって、単に、一日ごとに記憶がリセットされる忘却探偵ゆえに、雇用や採用にあたって、人情や縁故に縛られない、ドラスティックな判断ができるということなのだろう——それもどうかとは思うけれど、なんにしても、今、僕は絶対にクビになるわけにはいかない。

この異国の地で、今日子さんを守れるのは僕しかいないのだ。確実に今日子さんを説得できる材料が揃うまでは、僕も『怪盗の助手』に徹するべきである。

変に否定的なことを言ってはならない。

「そ、そうですか。さすが、世紀の大怪盗、掟上今日子ですね」

なので、そんなおもねるようなことを言って（なんだか、こうなると助手というより三下みたいだが）、

「何か腹案でもあるんですか？」

と、僕はさりげなく探りを入れてみた。

あるはずがないと思っての問いかけだったけれど、しかし今日子さんは、

「盗みは芸術ですからね」

と、はぐらかすような答を返してきた。

その物言いも、いかにも怪盗っぽいけれど……、それだけでなく、妙に気になる言い

かただった。

「あの、今日子さん。芸術とはどういう……」

「まあまあ。できれば中に這入って、内側から構造を確認してみたいのですけれど、今はとても混雑しているようですからね。営業時間のこともありますし、それは明日にしましょうか」

「はあ……、明日ですか」

先ほどは、明日には盗むと言っていたし、やはり盗みにおいても、トップスピードは維持し続けるつもりらしい——ん、待てよ？

「ということは今日子さん、今晩は、もうこのあと、ホテルに帰って、お休みになる予定なんですか？」

「そりゃそうでしょう。夜遊びをするタイプに見えますか？」

見えないけれど、しかし今の今日子さんは怪盗なので、そう答えていいのか悪いのか、わからない——いったい倫理観のラインを、果たしてどこに引けばいいのだろう。

だが、それよりも……、いったんホテルに戻るというのであれば、つまり、今日子さんの記憶は、またしてもそこでリセットされると言うことにならないか？

その後、寝ている隙に、僕が彼女の左腕から『怪盗』という熟語を消せば……、さすがに筆跡の模写なんて僕にはできっこないけれど、あの文面からその二文字を消せば、それだけで今日子さんを、探偵に戻すことはできなくとも、怪盗でなくすることはできる。

　が、この浅はかな楽観は、

「お休みになると言っても、もちろん徹夜ですけれどね。厄介さん、ちゃんと私を起こし続けてくださいね？」

　という今日子さんからの念押しによって、水泡に帰した——仕事中は徹夜を続けるスタイルも、探偵の頃と同じらしい。

　となると本人は、僕といういかにもへっぽこな助手の存在を、『海外における起こし係』として、変わらず認識し続けているのだろう。

　僕がたとえ、その『起こし係』を放棄したとしても、図らずも、あるいは謀られて、今日子さんはさっきぐっすりと眠ったところである、ほんの一徹くらいならば、今日子さんは自力でやり遂げることだろう。

　むしろ、正直に言うと、今、僕が眠い。

　猛烈に眠い。

　ここまでの怒濤の展開の中、気の休まる暇がほとんどなかったところに、フランスの美食を、ガチョウのようにたらふく、胃に詰め込んだのだ——これで眠くならないほうがおかしい。

一人でさっさとすっきりしてしまった今日子さんの元気さが、やや妬ましいくらいだった……、たった一晩でも、今日子さんの徹夜に付き合い切れる自信がない。

まあ、先述の通り、一徹くらいなら今日子さんは自力でやり遂げるだろうし、究極的には、僕は今夜は寝てしまってもいいわけだけれど、それはあくまで役割を、『起こし係』に限ればの話だ。

もしも忘却怪盗の今日子さんに——ありえないことに！　——エッフェル塔を盗むための腹案があるのだとすれば、それを阻止するチャンスは、今夜しかないのだ。

眠いからと言って寝ている場合じゃない。

なんだか、本当にいつもとあべこべだ……、今日子さんは探偵じゃなくて怪盗だし、今日子さんが僕が犯罪者になるのを防ぐんじゃなくて僕が今日子さんが犯罪者になるのを防ごうとしているし、いつもなら眠ってはならない今日子さんにはむしろ寝てほしいし、起こし続けるはずの僕が寝てはならないし。

いくら地球の裏側に来たからと言って、そこまで徹底的に逆さまにならなくてもいいのにと、心中での嘆きがとどまるところを知らない僕に、

「ホテルに帰る前に、夜のライトアップバージョンのエッフェル塔を、離れた場所から見ておきましょうか。シャン・ドゥ・マルス公園をお散歩いたしましょう。うふふ、なんだかデートみたいですね」

いいタイミングで、嫌なことを言ってくれる。

まったくデートみたいじゃない。これっぽっちもみたいじゃない。

とは言え、パリのランドマークを据えているだけあって、公園も立派なものだ――ホテルとは方角が逆になってしまうけれど、散策気分で歩いてみるのも悪くない。

多少は観光気分にならないとやってられないし、旅行を勧めてくれた紺藤さんにも申しわけない――紺藤さんか。

そうだな、あの頼れる男に知恵を借りるというのは、ない案ではないのかもしれない。今日子さんの海外時代を知っている（かもしれない）紺藤さんなら、こういう場合の対処も、あるいは知っているかも……、あまりに淡い望み過ぎるけれど、こういう状況ならば、できることは全部やるべきだ。

ただし、電話をかけるなら、日本との時差を考慮しないと……、曜日も違っちゃってるだろうし……、それとも、いっそメールのほうがいいかな？　電話している声を今日子さんに聞かれるわけにはいかないのだし、だからと言って今日子さんから目を離すわけにはいかないのだし……。

「こうしていると、周囲からいろんな言語が聞こえてきて、面白いですねえ」

ごった返す観光客の中を、誰ともぶつからずにスムーズに歩きながら、今日子さんはそんなことを言った。

言われるまで、大して意識していなかったけれど、確かに世界的な観光スポットだけあって、耳を澄ませば、世界中の言語が聞こえてくる。

フランス語だけではなく、英語、中国語、韓国語、ドイツ語、スペイン語、イタリア語……、浅学非才の身にはヒアリングだけでは特定できない言語もたくさんミックスされ、もちろん、僕と今日子さんが話している日本語も、そんなハーモニーの一翼を担っているのだろう。

ふむ。

日本にも、世界に誇れる観光スポットは多いけれど、こういう参加型の体験は、案外、しようと思ってできるものではないかもしれない……、ヨーロッパならではの、アメージングな体験である。

地球の広さを意識できる、世界的ランドマークの、ひと味違った楽しみかたを教えてもらった気分だったけれど、見方を変えると、地域ごとにおける、どうしようもない言語の壁を感じる話でもあった。

つくづく己の語学力のなさ、不勉強さを思い知らされる。

「言語の壁、ですか。そう言えば、言語の塔というのもありましたねえ」

フランス語に堪能な今日子さんが、いったい、どれほどの数の言語を習得しているのかは定かではないし、そこは探偵としても怪盗としても企業秘密なのだろうけれど、僕と違って周囲の会話はほぼ拾えているらしく、観光客の隙間をくねるようにすり抜けながら、さながら交響曲でも鑑賞するように、周囲の会話に聞き耳を立てていた彼女は、そこに混じったノイズのごとき僕の感想に対して、そんなコメントを述べた。

言語の塔？　なんだっけ、それ……、僕もどこかで、聞いたことがあるような。

「正式にはバベルの塔です。いわゆる神話ですね。古代、まだ世界がひとつだった頃、人間が天にも届く高さの塔を建てようとしたことに神様はお怒りになって、塔と共に、世界をバラバラになさったそうです」

「バラバラに……」

バラバラ殺人のようにですかと合いの手を入れかけて、これは相手が探偵のときにしか成立しない合いの手だと、ぐっと飲み込む。

そこまで聞けば、思い出せた。

そうだ――そのとき、塔と共にバラバラにされたのは、言語である。

集まれば何をしでかすかわからない人間が必要以上に一致団結できないように、神は言語を、バラバラにしたのだ。

「人間を喋れなくするのではなく、むしろ言語を増やすという辺り、神様の遊び心を感じますね。こうして世界はとても複雑になりました」

「遊び心じゃ済まされないと思いますけれど……、言語の塔の伝説の裏にあるのは、

『言葉がひとつだったらいいのに』という、昔から変わらない、先人達の切実な思いなんでしょうか」

「そうですね。そして、もうひとつ——『高い塔を建てたい』という、昔から変わらない、先人達の切実な願いです」

「…………」

言われて、僕はエッフェル塔を振り返る——高い塔。

建てられた時点では、特に役割を負わされていなかった、デザイン優先の高層タワー……、構想なき高層。

「高い塔なら、日本にもいろいろありましたよね」

と、今日子さん。

「東京タワー、名古屋テレビ塔、札幌テレビ塔、大阪通天閣、京都タワー、香川ゴールドタワー」

「ですね。それに、新しいところでは、東京スカイツリー」

「は？」

怪訝そうに見られた。

ああ、そうか。忘れているのか。

うろ覚えだけれど、東京スカイツリーの全長は六百三十四メートルだっけ？　高さで競うなら、エッフェル塔の倍近くあるわけだ。同じ鉄塔とは言え一世紀以上時代が違うので、単純に比べることもできないのだろうが、けれど、塔の根っこに流れる思想は、きっと同じなんじゃないだろうか。

高い塔を建てたい。

高く、高く、より高く、もっと高く、ずっと高く。

「僕も詳しくは知らないですけれど、なんでも、将来的には、軌道エレベーターって言うのも、できるそうですよ」

「軌道エレベーター？」

「宇宙ステーションに繋がるエレベーターと言いますか……、広い意味じゃ、それも高い塔ですよね。天にも届く、高い塔」

「神様はさぞかし、お怒りになられるでしょうねえ」

それとも『こいつらはもう駄目だ』と、お呆れになられるのでしょうか。

そうまとめたところで今日子さんは足を止めて、くるりと回って、エッフェル塔と向き合った。

公園の端っこまで来て、相当距離を取ったつもりだったけれど、これだけ引きの画にしても、まだまだ相当巨大に見えるな……、今日子さんも同じことを思ったのか、腕を正面に伸ばして、遠近感を計るようなポーズを取っている。

「どうですか？　盗めそうですか？」

無駄だとは思いつつ、僕は再度、そう訊いてみる。

ここで忘却怪盗の今日子さんが、盗みを諦めてくれたら、話は平和裏に終了するのだけれど。

「盗めるか盗めないかよりも、先に考えなければならないテーマがありますね」

案の定、今日子さんははぐらかすようなことを言ってきた——これもまた、探偵の今日子さんがするのと、さほど変わらないやりかたである。

こうしてみると、探偵と怪盗との差ってなんなんだろうと、思わなくもない。

とにかく、そう振られては、「先に考えなければならないテーマって、なんですか？」と、別の質問をせざるを得ない。

きっと、更なる煙に巻かれるのだろうとばかり考えていたが、忘却怪盗の答は、次のようなものだった。

「どうして私は、エッフェル塔を盗もうとしているのか——その動機の解明こそ、先決すべきです」

14

動機の解明。

それはもう完全に名探偵の領分であり、即ち、今日子さんの本性が、怪盗ではなく探偵にあることの証明とも言え、そのことが僕にとっては、泣きたくなるくらい嬉しい出来事だった——たとえ備忘録を抹消されようとも、そして記憶を上書きされようとも、今日子さんは今日子さんなのだ。

探偵であることがしっくりくる。

いつだったか、そんなことを言っていた彼女の直感が思わぬ形で裏付けられたかのようで、また、僕が何度となく救われてきた名探偵像が、決して虚像ではなかったようで、胸が熱くてたまらないくらい、感動した。

同時に、これは千載一遇のチャンスなのかとも思った——今日子さんが、『どうして私がエッフェル塔を盗まなくてはならないのか』と、思えば至極もっともな疑問に突き当たった今こそ、実はあなたは怪盗ではなく、左腕に書かれた備忘録は、筆跡を真似て捏造されたものなんですと、畳みかけるべきタイミングなのでは。

今なら、その説得工作も、それなりの説得力を持つかもしれない。

だが、すんでのところで思いとどまった。ぎりぎり我慢が利いた。

もちろん、今日子さんが探偵としての己を取り戻してくれたなら、それ以上のことはないけれど、ただ、エモーショナルな気持ちで下した軽々な判断で、先走って説得に失敗した場合、取り返しのつかない事態を招くことを忘れてはならない。

　これが千載一遇のチャンスだったとしても、僕にセカンドチャンスはないのだ——ならば、ここは飛びつきたくなる衝動をぐっとこらえてスルーして、次なる千載一遇を待つべきだという判断は大いにある。

　失敗を恐れてばかりいては何も始まらないし、最速の探偵の助手とは（あるいは、最速の怪盗の助手とは）思えないほどののんびり感かもしれないけれど、しかし、僕には僕の考えがある。

　動機の解明。

　怪盗の——『怪盗淑女』の、動機の解明。

　どうしてエッフェル塔を盗むつもりなのか——それがわかれば、ひいては『怪盗淑女』の、正体に迫れるんじゃないのだろうか？

　今日子さんの記憶を盗み、あろうことか備忘録を書き換えた不埒（ふらち）な犯人を捕まえるという、そもそもの今日子さんの、忘却探偵としての仕事を、達成できるのではないだろうか。

　そう考えると、ここで今日子さんの思考を、つまりは動き始めた推理を、止めることには躊躇（ちゅうちょ）してしまう。

　僕が説得できるのは、どう頑張っても、どう話が弾んでも、備忘録が偽物であり、今日子さんが怪盗でないところまでであり、彼女が探偵であることまでは、証明のしようがないのである。

　ならばここは、探偵としてではなく、怪盗としてでも、『どうして「怪盗淑女」は、エッフェル塔を盗もうとするのか？』という問いの答を、どちらにしても変わらぬ最速のスピードで、考え続けてもらうほうが、得策なのではないだろうか。

　もちろん、このアイディアにも、しっかりとデメリットはある――メリットが、本物の『怪盗淑女』の正体、並びに事件の真相を暴けることだとすれば、デメリットは、必ずしも問いに対する答があるとは限らないことだ。

　ホテルのロビーで考えた通りである。

　怪盗のやることなのだから、そこには切実な理由や、あるいは高邁な思想は必要ない――『面白半分』が大手を振ってまかり通る。

　奇しくも今日子さん自身が先ほど言っていた、『盗みは芸術』という言葉が、金科玉条の御免状となる。

　今日子さんが今、エッフェル塔を盗むことのモチベーションに、ふと疑問を抱いているのは、あくまでも彼女が忘却怪盗だから（本当は違うのだが）、理由を忘れてしまっていると思ってのことであって、その理由が『面白半分』なのだと推理してしまえば、そこから先の論理展開はない。

こうなると、『パリ古来の景観を壊すから』でもいいから、『怪盗淑女』に、真面目な動機があってほしいものだ――なんて、おかしなことを思ったところで、僕は決断をしなければならない。

今日子さんに真実を告げるか。

今日子さんが真実を突き止めるのを待つか。

「？　どうかされましたか？　厄介さん」

「……いえ、どうもしません。確かに気になりますよね、どうして『昨日の今日子さん』が、エッフェル塔を盗もうと思ったのか。すみません、それは助手である僕もまだ聞いていなくて」

「そうですか。意外と部下に心を開かないタイプなんですねえ、私ときたら。では、明日、ここを再訪するまでに考えてみますかね。幸い、パリの夜は長いことですし」

そろそろホテルに戻りましょう、と、僕を促す今日子さん。

頷いて、僕は彼女の後ろをついて行く――己の決断に、自信が持てないままに。

果たして、これでよかったのだろうか？

わからない。選択肢の中に正解があったのかどうかもわからない。

だけど僕は、賭けてみたかったのだ。探偵であろうと怪盗であろうと、掟上今日子に賭けてみたかったのだ――僕の知る彼女ならきっと、『怪盗淑女』に一矢報いてくれるに違いない、と。

15

最早(もはや)今日子さんから一時(いっとき)たりとも目を離すまいという僕の決意は、ホテルに戻り、今日子さんがシャワーを浴びて汗を流したいと言った時点で、常識の壁を前にあえなく挫(くじ)けざるを得なかった。

ただ、仕事を果たすまで、つまりエッフェル塔を盗むまで、彼女が眠らないように起こし続けるという任務の都合上、ホテルでは用意された自分の部屋ではなく今日子さんの部屋で夜を明かすことになったので、まあ、バスルームのドアの前で座り込んで見張っていれば、彼女を『怪盗淑女』から守るという個人的な目的は果たせるだろう。

以前、今日子さんはシャワーの最中に寝てしまったことがあるけれど、この場合、そんなアクシデントが起こってくれることはもっけの幸い、望ましいとさえ言える。

眠って、怪盗としての記憶を失ってくれれば、『怪盗淑女』の正体に迫るすべはなくなるものの、それはそれで諦めもつく。不可抗力には逆らうまい。

まあ、僕がこんな風に、ほぼつきっきりで今日子さんをガードすることに、果たして意味があるのかどうかは、定かではない……、泥棒を捕まえてから縄を綯(な)うどころか、泥棒を逃がしてから縄を綯っているようなものだ。

そもそも、『怪盗淑女』にとっても、この部屋で名探偵と接触することはリスキーだったはずである——備忘録を書き換えるという目的を果たした以上、もう二度と、今日子さんには接触してこないかもしれない。どころか、クライマックスを終えた犯人は、既にフランス国内から高飛びしている可能性さえあるだろう。

そう思うと、バスルームの前で、眠いのをこらえてぼんやりと座している自分が、馬鹿みたいでさえある。

いかんいかん、何でもいいから何かを考えて、眠気を散らさないと……、最低でも、僕は明日の朝、エッフェル塔を訪ねるまでは、今日子さんと一緒に起き続けなければならないのだから。

『怪盗淑女』の正体。

今日子さんは今、動機の面から、無意識のうちにその正体に迫ろうとしているわけで、そちらの可能性に賭けた僕ではあるけれど、だからと言って、完全に任せきりにするわけにはいかない。

僕は僕で、別のアプローチをすべきだ。ささやかではあっても、ハッピーエンドの確率を上げるために無駄な努力を試みるべきだ。

自分が怪盗だと思い込んでいる今日子さんには、できないアプローチ……、僕だって、伊達に冤罪をかぶせられ続けてきたわけじゃない。もとい、伊達に今日子さんを始めとする、名探偵の活躍を、間近で見てきたわけじゃない。

推理の真似ごとくらいならできるはずだ。

そんな風に己を鼓舞して、今日子さんがシャワーを浴びている水音をＢＧＭに、僕は限界まで頭をひねる——フランスに到着してから今に至るまでの出来事を振り返る。

そう……、引っかかる点は、いくつもある。

根本的なことから言えば、どうして今日子さんが、海外からの、どう考えても解決までに一日以上かかってしまうような依頼を引き受けたのか、である。

クライアントの払いがよかったとか、お洋服を買いに来たのだとか、うまく誤魔化されてしまったけれど、やっぱり、そこには並々ならぬ何らかの事情があるのではないか。

依頼人の正体ももちろん気になる。

『怪盗淑女』とクライアントが同一人物である可能性を考えたけれど、そうでない可能性も、当然ながらある——逆に言うと、可能性だけの話をすれば、今日子さんの記憶を奪った犯人が『怪盗淑女』であるという証拠も、具体的には皆無だ。『怪盗淑女』がエッフェル塔を盗む前に、悪意あるクライアントが、呼び寄せた今日子さんにエッフェル塔を盗ませようとしているという揣摩憶測だって、決して成り立たないわけじゃない。

理路整然とはしていないけれど、人間の考えることが、必ず理路整然としていなければならないという決まりはない。人の心は法則じゃないんだから、矛盾していてもまったく構わない。

ただ、確かなことがあるとすれば、パリ警視庁に届けられたという、結局実物を見ることはかなわなかった犯行予告状の存在が、今日子さんを怪盗に仕立て上げるのに、一役買っているということだ。

右腕に、自ら書いた写しの文章がなければ、彼女とて、エッフェル塔を盗もうと思ったりはしなかったはずなのだから——普通ならば、そんな怪文書は、世間を騒がせるための悪戯だと判断すべきだけれど、見方を変えれば、その犯行予告状は、司法制度への挑戦などではなく、今日子さんを日本から招くための道具立てだったんじゃないのか……？

正体不明の依頼人が、今日子さんを怪盗に仕立てたのだとすれば、その犯行予告状は、依頼の口実にもなるだろうし……、だとすれば、馬鹿みたいに迂遠なようでいて、実はかなりダイレクトな発想である——ピンポイントで今日子さんを狙い撃っている。

そうなると、どうしても検証せざるを得ないのは、備忘録を書き換えた犯人が、忘却探偵を逆恨みしている何者かであるという仮説だ。あまり愉快な仮説ではないが……。

今日子さんの記憶は一日ごとにリセットされるので、事件の内容も、トリックも、そして犯人の名前も忘れてしまうけれど、犯人のほうは、己の罪を暴かれたことを、暴いた掟上今日子を、一生忘れないだろう——逆恨みされるリスクは、常にある。

事実、空港から尾行してきた僕のことを、今日子さんはまず、そう疑った……、ストーカーである可能性よりも、復讐に来た犯人である可能性を先に疑った。

もしも『怪盗淑女』、あるいは依頼人の目的が、エッフェル塔の盗難それ自体ではなく、今日子さんへの意趣返しだったとするなら——怪盗という言葉から感じるロマンなど吹き飛ぶような、極めておぞましい仮説だったが、しかし、僕程度の頭脳で、ほんの少し検証しただけでも、幸いなことにこの線は薄そうだと、結論づけることができた。

もちろん、完全に可能性を消すことはできないにしても——もしも復讐が目的だったなら、今日子さんに恨みを抱く犯人は、名探偵を怪盗に仕立て上げることで、その名誉を剥奪しようとしていることになるけれど、しかし、まさしくこの部屋で、今日子さんと犯人は、接触しているのである。

今日子さんを何らかの（おだやかな）手段で眠らせて、備忘録を書き換えている——これは推理などではない、れっきとした事実だ。

それだけでも許し難いことだけれど、しかし、復讐が目的だったなら、そのときになんでもできたはずなのだ。

誰に目撃される恐れもない、密室の中の出来事である——にもかかわらず、犯人はあくまで紳士的に、なんとも怪盗紳士的に、今日子さんを傷つけることなく、目的だけを果たしている。

これだけ取ってみても、犯人は今日子さんに、復讐心など抱いていない――いや、むしろ逆だろう。

今日子さんの才覚を高く評価しているからこそ、エッフェル塔を盗むという途方もない難題を、彼女に託したのだ。

犯人は今日子さんを知っている。

それも、おそらくは海外で活動していた頃の今日子さんを――海外で活躍していた頃の今日子さんを。

だからこそ、わざわざ海をまたいで、先行投資を惜しまず、今日子さんを呼び寄せたのだ――単に名探偵というだけならば、ヨーロッパにだって名探偵は、ごまんといるはずなのだから。

まあ、ごまんは言い過ぎにしても……。

そんな風に、やや先走り過ぎた推理を軌道修正したところで、僕の携帯電話が震えて、メールの受信を告げた。

画面を見るまでもなく、今日子さんがバスルームに入った直後に、こちらからメールを投げた、紺藤さんからの返信だとわかった。

時差を計算してみた結果、今の日本は未明頃だったのだが、レスポンスが早い。ひょっとして地球の裏側で紺藤さんも徹夜だったのだろうか。無職の僕と違って、できる男は忙しいに違いないのだ。

『厄介。俺はお前の判断を全面的に支持する。

ここは掟上さんの、探偵としての資質を信じるべきだ。

残念ながら、忘却探偵という性質上、彼女が探偵であることを示す客観的な証拠は、日本にも存在しない。いい加減なエビデンスを提示して、態度を硬化させてしまうリスクを考えれば、お前はそのまま、『怪盗』の助手役を続けるべきだろう。

なお、メールにあった質問だが、俺がかつて海外で出会った『今日子さんらしき人』について説明することに、あまり意味はないだろう。掟上さんのみならず、お前も混乱させることになりかねない。

力になれず申し訳ない。

代わりと言ってはなんだが、アドバイスをひとつ。

お前は、またしても今回、掟上さんを眠らせないという仕事を得たようで（就職おめでとう！）、怪盗となってしまった今日子さんが、寝ようとしてくれないことを嘆いていたが、そこで諦めるべきではない。

掟上さんが寝てくれたらいいのにと願うだけではなく、積極的に、彼女を寝かせることとはできないのか？　掟上さんが、明日中にエッフェル塔を盗む（！）と言うのであれば、行為に及ぶ前に、お前が彼女を眠らせることができれば、事件が解決するとは言えないにせよ、現在の窮状はしのげるのではないか。

もちろん、この作戦を実行すれば、掟上さんは現在推理中の『怪盗淑女』の動機も、同時に忘れてしまうことになるので、決して推奨するわけではない。ただ、そういう手段もあるということを覚えておいてくれ。実行するかどうかはお前が決めていい。

その場合の判断も、俺は全面的に支持する。

紺藤』

追伸

なお、このメールは削除すること。万が一にも、掟上さんに見られるとまずかろう。

……今日子さんの海外時代のエピソードを期待していた僕にとっては、ある意味では肩透かしの内容でありつつ、一方で、その手があったかという、眠気が吹っ飛ぶようなアイディアを提供してくれた、できる男からのメールを読み終え、僕は指示通りに、そのメールを削除した。

なるほどなあ。

犯人がこの部屋で、今日子さんを眠らせた紳士的な手際には、一種の感心を覚えていた僕だけれど、それと同じことをするという発想は、完全に盲点だった。

今日子さんが眠るか眠らないかは運を天に任せるしかないとばかり思い込んでいたけれど、『寝かせる』か……。

今日子さんを起こし続けるという助手としての仕事を、ただサボタージュするのではなく、裏切り行為を働くとなると、もうクビでは済まない背信だろうけれど、しかし、目覚めたときには、今日子さんは僕を雇ったことさえ覚えていない（どころか、僕のことそのものを覚えていない）わけで……ああ、だけど素肌の備防録が残ったままじゃ元の木阿弥か……、あれを消せさえすれば……バスルームで洗えば落ちるんじゃないのかな……。

これまで、あらゆるバリエーションに富んだ犯人が、あの手この手で今日子さんを眠らせようと試行錯誤する様子を真横で見てきた僕である。怪盗紳士のように手際よくとはいかなくとも、それ自体は、不可能じゃあないんじゃないのか？

現在進行中の推理を台無しにしてしまうリスクをはらんでいる以上、紺藤さんは、決して推奨しているわけじゃないけれど、少なくとも、検討しないわけにはいかない案だ。

様々な探偵の推理を依頼人や容疑者という立場で体感してきた僕だから推理の真似事くらいはできるはずと、ついさっきまで思っていた僕が、今度は様々な真犯人達の行動をなぞろうとしているのだから、なんとも皮肉だが……、地球の裏側では、つくづくすべてが反転してしまうらしい。

今日子さんを眠らせる方法。

暴力的な手段は、当然、除くとして……、代表的なのは、睡眠薬か？　もちろん、そんなものは持ってきていない。頭痛薬や風邪薬でも、代用できなくはないのだけれど、残念ながら、そんな旅の必需品をフランスまで持ってきている、準備のいい僕ではなかった。

子守歌だったり、アルファ波だったり、f分の一の揺らぎだったり、退屈な映像だったり、ふざけたところでは催眠術だったり、思い出せる有効な手段はいくらでもあったが（こうして思い出してみると、忘却探偵は、本当に寝かされ過ぎだ）、僕がこの場で、すぐに実行できそうな案となると、ぱっとは出てこない。

できそうでできない。

人を眠らせるのは、人を起こし続けるよりも、あるいは難しそうだ。

準備周到に、この部屋で今日子さんを迎えたであろう怪盗とは、あまりに条件が違い過ぎるのだ——弱音を吐きたくなる僕には、紺藤さんに更なる知恵を求めるという手はあったけれど、しかし、日本で働く紺藤さんをこれ以上巻き込むのも、気が進まない。

忘れてはいけないのは、元々これは、置手紙探偵事務所が受けた仕事だということである――守秘義務絶対厳守。

情報の拡散は、できる限り防がなければならないのだ。

なので、助けを求めて日本大使館に飛び込むわけにもいかない――いざとなれば、そんな最後の手段を取ることを絶対に躊躇してはならないが、それをした瞬間、今日子さんの名探偵としての評価は地に落ちる。

掟上今日子が、本当の意味で、探偵でなくなってしまう。

今日子さんには、今日しかない。

それでも彼女は、明日も生きて行かなくてはならないのだ――それゆえに、結果、その後今日子さんは怪盗として生きていくことになったなんて落ちは、全力を尽くして避けなければならない。

紺藤さんも、その辺りの事情を承知した上で、最低限のサポートにとどめてくれたのだろう――自力で乗り切れるなら、自力で乗り切るべきなのだ。

……こんな決意も、あるいは怪盗の思う壺なのかもしれないけれど。

「あがりましたよー。厄介さんもどうぞ、汗を流してくださいな」

していするうちに、バスルームのドアが開き、湯上がり姿の今日子さんが現れた――どうやら、僕の益体のない思考も、ここであえなく中断するしかなさそうだ。

と言うか、フリルのあしらわれたパフスリーブのネグリジェという、刺激的を通り越して、非常に目の毒な今日子さんの姿に、思考停止に陥った。

今日はそんな寝間着なのか。

いや、そう言えばネグリジェの起源はフランスらしいけれど……今日子さんは寝間着まで、同じものを着ないのか。

それはともかく、まるで刺繍だけでできているかのようなネグリジェは、おおむね半透明と言ってもいいくらい透け透けの生地なので、左腕の改竄された備忘録も、右腕の犯行予告状の写しも、腹部に書かれた僕の誓約書も、全部丸見えの姿である。こうして全身を見ると、ほとんどボディペインティングの域だ。

「？　どうかしましたか？」

「い、いえ……、では、シャワー、お借りします。何かあったら、すぐに大声を出してください」

僕は慌てふためくように、今日子さんと入れ替わりで、逃げるみたいにバスルームに這入った。助手としては、気楽にシャワーを浴びている場合かと思わなくもないけれど、現実問題として、かたわらに汗くさい男にい続けられるのは、探偵であろうと怪盗であろうと、愉快ではないだろう。

今日子さんが使った直後のバスルームというのもなかなかに緊張するが……、ここで自分の部屋に戻るわけにはいかない。むしろカラスの行水を心がけよう——とは言え、僕が汗を流している間に、一人になった今日子さんがうっかり寝てしまったという展開は、期待してはならないけれど、それはそれで望ましくなくもない。

運天博打に勝った形だ。

ただ、先ほどむき出しになっていた、今日子さんの身体のメモは、風呂からあがっても、滲んでさえいなかった……、海外旅行用なのだろうか、あのマジックペンには、ただの油性ではない、強力なインクが使用されているらしい。

当然、『怪盗』の二文字にも同様のインクが使われていると見るべきだろう。

そうなると、たとえ今日子さんが、ケアレスミスで眠ったとしても、改竄された備忘録の改竄部分を拭い取るのは、簡単じゃなさそうだ。普段は、備忘録を書くにあたっては、記録に残らないようあとで落ちやすいインクを使っている今日子さんだから、正体不明の依頼人に招かれての海外旅行にあたってインクを換えていたのは、警戒していなかったわけじゃない証拠なのだろうが――そこは怪盗が一枚上手だったと、認めざるを得ない。

まあ、今日子さんの筆跡を習得しているくらいなのだから、同じインクを用意するのと同時に肌を傷めることなく、強力な油性ペンを落とす薬剤の準備も――ん。

なんだろう、今少し、引っかかることがあったような……、なんだろう？　駄目だ、やはり頭がうまく回転しない。紺藤さんからのメールを読んで一時的に覚醒した脳が、閉じていくのを感じる。

いっそのこと、今日子さんに断って、少しだけ仮眠を取らせてもらったほうがいいかもしれないという、弱気な考えが首をもたげてきた。もちろん、自分の部屋に帰るのではなく、この部屋のベッドを使わせてもらうことにはなるけれど……、いや、今日子さんをひとりにしないという目的はそれで果たせるとしても、助手としての役割は、ほぼ果たせていないわけで、申告しただけでクビになりかねない。

やれやれ……、僕もあらゆる職場を経験し、そしてあらゆる職場をクビになってきたけれど、置手紙探偵事務所以上に過酷な現場はなかったな。

そんなことを思いつつ、なんとか意識を覚醒させようと、熱湯のようなシャワーを浴びて――湯船に入って腰を下ろすと眠ってしまいかねないので、シャワーだけで済ませた――、脱衣所に出る。

ああ、やはり、頭が回っていない。

シャワーを浴びたくらいじゃリフレッシュできない。

今日子さんのネグリジェ姿に大いに焦ってしまって、慌ただしくバスルームに入ったため、僕は寝間着を持っていなかった――それこそ、僕の部屋のトランクの中である。

せっかく身体を洗ったけれど、どうやらさっき脱いだ衣服を着るしかなさそうだった――まあ、パジャマと言っても、どうせ寝るわけじゃないんだし、下手にくつろいだ格好をして、眠気がこれ以上増しても困る。

この小さな小さな自業自得を、なんとかポジティブに解釈して、僕はバスルームから出た――今日子さんは、ベッドの上で寝転んでいた。

まさか!?

と、僕は反射的に駆け寄った。

またしても僕が目を離した隙に怪盗紳士の魔手が彼女を襲ったという剣呑な可能性、あるいは、僕が目を離した隙に、うっかり寝ちゃったという呑気な可能性。

前者と後者に落差があり過ぎるが、そのどちらでもなかった――寝転がってはいたものの、今日子さんは、目をぱっちりと見開いていた。

と、僕に気付いて、

「あら。厄介さん。早風呂ですね」

なんて言う。

ふにゃふにゃと全身の力が抜けていくようだった。

「寝ちゃったのかと思いましたよ」

「失礼。ご心配をおかけしました。少し考えごとをしていまして」

「考えごと？」

それなら、別にベッドで寝ながらじゃなくてもできると思うのだが――いや、寝てくれたら寝てくれたで、それでも一向に構わないと言うのが、僕の立場の複雑なところだ。

「『今日の私』の記憶は、このベッドで目覚めたところから始まっているんです。でも、こんなくつろいだ格好ではなく、むしろよそ行きの可愛らしいワンピースを着ていました。まるでこれからパリの町にお出掛けするかのようでした。それが不思議でしてね――なので、同じ姿勢を取って、考えていたのです」

今日子さんは訊く前に、僕の疑問に答えてくれた――鋭い。実に鋭い。

是非(ぜひ)、その線で推理を続けて欲しい。

不本意にも誰かに眠らされた可能性、そして備忘録を書き換えられた可能性に、その調子で、どうにか思い至って欲しい。残念ながらその鋭さを備えている以上、僕が今日子さんを積極的に眠らせるという紺藤案は、ここらで廃案にするしかなさそうだが、それと引き換えに探偵の推理が完成するというのならば、それに越したことはないのだ。

しかし、僕の願いもむなしく、

「まあきっと、私も長時間フライトで疲れて、うっかり着替えないまま外出着で寝ちゃったんでしょうね。そんなことより厄介さん、そのお洋服、着替えなかったんですか？」

と、僕のお洋服以上の『そんなことより』はこの世にないにもかかわらず、今日子さんはあっさり話題を変えてしまった。

「ええ、まあ……、部屋から着替えを持ってくるのを忘れてしまいまして」

落胆しつつ、そんなどうでもいい説明をする僕に、今日子さんはベッドに横たわったまま、呆れたように、「だからと言って、同じ服を着ることはないじゃないですか。このあと、どうせ脱ぐのに」と言った。いやいや、勘弁してくださいよ、僕はファッショナブルな今日子さんと違って、二日続けて同じ服を着ることくらいは……、ん？

このあと、どうせ脱ぐのに？

「だって」

と。

今日子さんはころりと寝返りを打ち、無防備にこちらに近付いてきて、そしていかにも自然な風に手を伸ばす——しかし、とろりと僕を見据えるその目は、狙った獲物は決して逃がさない、大怪盗のそれだった。

「私を一晩眠らせないことが、厄介さんのお仕事なんでしょう？」

二日目

1

翌日、再びシャン・ドゥ・マルス公園を訪れた僕と今日子さんは、その時点から既にできていた行列に並んで、ついに念願の、エッフェル塔の内部に這入ることができた。軌道エレベーター――ではなく、塔の脚の内部に設置されたエレベーターに乗って、斜め向きにぐいぐい登って行く様(さま)は、出だしからしてしてやられた感があった。

こんな大がかりなものを後から脚の内部に取りつけるのはさぞかし大変だっただろうと思ったけれど、エレベーター自体は塔の設計段階から組み込まれていたそうだ――なんともかとも。

ちなみに、エレベーターの組み込まれた脚のそばには、金色に輝くギュスターヴ・エッフェル氏の胸像があった。

1832―1923。

　享年九十一歳……、時代を考えれば、例外的なくらい、長生きしているんじゃないだろうか。

　いったいどんな建築家だったのだろう。

「当時のフランスでは、鉄塔を建築物として認めない風潮がありましたからね。建築家ではなく、技師という肩書きで呼ぶのが、正確だそうですよ」

　と、今日子さん。

「はあ……、じゃあ、いったい、どんな技師だったんでしょうか」

「一言で言うと、エキセントリックな変人でしょうね」

「変人……？」

　それこそ当時のフランス、当時のパリに、こんな建物を建てようとしたのだから、そりゃあ変人ではあるのだろうが……、そこは偉人と言うべきなのでは？

「最上階まで上ってみれば、厄介さんにもおわかりになりますよ。百聞は一見にしかずです――何事も、体験ですから」

　そんな感じで、ぎゅうぎゅう詰めのエレベーターを降りる今日子さんを、僕は慌てて追う。

　あまりに巨大過ぎて、こうして中に這入ってしまうと、いったい自分が塔のどこにいるかはおろか、いったい何の中にいるのかわからないくらいだった――適切なたとえではないかもしれないけれど、壮大なる怪獣の体内にでも呑み込まれたみたいな気分だった。

図版を見ると、塔内には展望台が三つあり、まず降りた第一展望台の一部は、いわゆる『ガラスの床』になっていて、真下を眺めることができた――これはさすがに、最近造られたものだろうと予想できる。臆病な僕は、そこに乗ろうとはとても思えなかったけれど、今日子さんはバレエダンサーのように、ガラス上でくるくる回ってみせた――さすがである。

その第一展望台は地上五十七メートル、第二展望台は地上百十五メートル、そして第三展望台は地上二百七十六メートルである。

第三展望台ともなると、高所恐怖症の人間には、たとえ床がガラス張りでなくともぞっとしない高度になるし、現代塔では絶対に考えられないことに、この高さでも外に出してもらえるので、すさまじい強風に吹きさらされることになるけれど、むろん、その眺望は素晴らしいものだった。

今日子さんも、三百六十度パノラマで見るパリの町並みを一望して、

「どうせでしたら、この風景ごと、頂戴したいものですよねえ」

などと、物騒なことを呟いていた――残念ながら、自身が怪盗であるという認識を、昨夜のうちに忘れさせることは、僕にはできなかったわけだ。

しかも、その発言を深く読み解けば、『エッフェル塔はパリの町と共にあってこそ輝くものであり、鉄塔だけ盗んでも、その価値は同じではない』という意味にも取れ、つまり、『どうして怪盗はエッフェル塔を盗もうとしているのか』の答には、今日子さんは未だたどり着いていない証左とも言えた。

実際、エッフェル塔からの眺望が素晴らしいのは、単に視点が高いからというだけではない——京都と同じで、公園の周辺には建物の高さ制限でもあるのか、とにかく上空から見る町並みが整っているのだ。

特に凱旋門付近の、放射線状の道路が美しい。

景観を破壊すると批判を浴びたエッフェル塔から眺めるのがもっとも映える景観というのも、なんだかやりきれない話だけれど……。

今や町並みは、エッフェル塔からの眺望を破壊しないためのルールで統制されているんじゃないかとさえ思ってしまう。

今日の今日子さんのファッションは、ガラスの上に乗ることや風に吹かれることがあらかじめわかっていたのか、スキニージーンズに、上半身はあったかそうなもこもこのセーターだった。ただお洒落なだけでなく環境に合わせたコーディネートとは、ますますもって、本当に現地の人のようである。

もっとも、フランス国民、パリ市民、パリジェンヌならば、むしろエッフェル塔を、ここまでつぶさに観察はしないだろう――第一展望台でも第二展望台でも第三展望台でも、今日子さんは心奪われる圧倒的な風景だけではなく、塔の構造自体まで、まじまじと観賞していた。

エッフェル塔の熱烈なファンとして見るなら微笑ましい限りだが、しかし、怪盗の下見だと思って見ると、はらはらする限りである――高度を差し引いてもスリリングだ。小柄な今日子さんがやるから可愛らしい行為だけれど、もしも僕が同じ行動をしたら、警備員さんから一声かけられてもおかしくない徘徊(はいかい)だった。

一声どころか、手錠をかけられても。

「ふむ。ふむふむ」

各所に張り出されている細かい説明書きまできっちり読む今日子さん――当然ながらフランス語表記なのだけれど、読み飛ばすことなく、すべて読んでいる。

紺藤さんから期待していた情報は得られなかったので、今日子さんの海外経験が、いったいどれほどのものなのかは知る由もないけれど、言語の壁など、今日子さんにとっては、ないも同然なのだろう。

そりゃあ、暗号に強いわけだ。

「ええ。観光スポットでは、各国の言語で書かれた解説文をラテラルに読むのが好きですね。翻訳小説と原書を同時に読むみたいなものです」

ほとんど日本語しかわからない僕には、そんな風に、ロゼッタ・ストーンでも解読するような楽しみかたは、およそできないけれど——ロゼッタ・ストーンはルーヴル美術館にあるのだっけ？

違うか、あれは、大英博物館だったか。ルーヴル美術館は、モナ・リザやミロのヴィーナスだ。映画や教科書で見たことがあるけれど、実物はやっぱり違うだろう。

エッフェル塔は素晴らしいけれど、せっかくパリに来たのだから、できればルーヴル美術館や凱旋門も見て回りたいものだった……けれど、今日子さんには今のところ、そんな王道コースを組むつもりはなさそうだった。むしろ、エッフェル塔内、二周目に入らんとする勢いである。

怪盗の下見とは言え、仕事に対する注力は、見上げたものである——高い塔の中で使う慣用句ではないが。

見上げても見えるのは塔の尖端ばかりだ……って、こんな尖端まで登らせてくれるの？

とは言え、もしも今日子さんのたぐいまれなる集中力を別方向に逸らすことができたら、それが打開策になるかもしれないのだからと、僕は駄目元で、

「今日子さんは、ここから広がる光景の中で、いえ、見えない場所でもいいんですけれど、フランス国内で行ってみたいところってないんですか？」

と訊いてみた。

「オペラ座ガルニエ宮だったり、モン・サン・ミッシェルだったり。ヴェルサイユ宮殿もフランスですよね。南仏地方はまた、雰囲気がこの辺りとはぜんぜん違って、楽しいらしいですし」

完全にもう、ガイドブック頼りの知識を口にして、なんとか今日子さんの興味を引こうとする僕だった——我ながら、涙ぐましい。

「ガルニエ氏とエッフェル氏はライバル関係だったそうですねー」

やはり駄目か。駄目元で訊いても駄目か。集中力は逸れない。

「そ、そう言えば、フランスから電車一本で、海を渡ってイギリスに行くこともできるんですよね。どうですか、シャーロック・ホームズの国を表敬訪問してみると言うのは」

「表敬訪問？　何を仰るのですか、厄介さん。探偵は敵ですよ？」

今日子さんは怪訝そうに、僕を振り向いた——失言だったか。

シャーロック・ホームズの芳名をもってしても、今日子さんのインプットは取り消されないとは、堂に入っている。

「い、いえ、怪盗一味としては、ほら、当然、好敵手には敬意を払うべきだろうという意味です」

「ふむ。それはそうです。探偵がいてこそ、怪盗は輝きますからね」

そんな苦し紛れの釈明で、今日子さんはとりあえずは納得してくれたようだった。

だが、僕が列挙した観光スポットについては、

「厄介さんがご覧になりたいようでしたら、仕事を終えたあとで見て回りましょう。ご案内しますよ」

と、あくまでつれない対応だった。

エッフェル塔のみならず、僕が今挙げたような代表的なランドマークは、既に訪ねたことがあるという風である……、探偵としての自分は忘れているのに。

探偵となる前の今日子さんか。

こんなシチュエーションでもなかったら、もっと深く掘り下げてみたいところでもあるのだが——まあ、知るのが怖いという気持ちもしっかりあるので、期せずして肉薄したその秘密に、触れずに済みそうでどこかほっとしている自分も、否定できない。

「そんなしょんぼりとした顔をなさらないでくださいよ。厄介さんがそこまで言うなら、内部の検分もこれくらいでおしまいにして、せめてフランスらしいお昼ご飯でもいただきましょう」

狙いを外して落ち込む僕の表情をどう受け取ったのか（しょんぼり？）、今日子さんはそんなことを言った——エレベーターの行列に並ぶため、朝ご飯をろくに食べていな

かったから、その誘いは正直、助かる。

が、喜んでばかりもいられない。

塔内の検分が終わったということは、下見が終わったという意味である——ならばいよいよ、盗みが実行されかねない。

世紀の大怪盗なんて軽口を叩いたけれど、真下から見ても遠くから見ても内側から見ても、とにかくビッグサイズで、総重量なんて想像もつかないようなエッフェル塔を盗んだとなれば、その称号にまるで恥じることのない、大犯罪である。

巨大犯罪である。

それを最速でおこなおうと言うのだから……、こうなるとすがるべき望みは、今日子さんがまだ、『どうして自分がエッフェル塔を盗もうとしているのか』、その答を推理しきれていない点だ。

それがはっきりしないうちは、いかに世紀の大怪盗といえど、世紀の大犯罪を実行しないはず……、だが、この認識は甘かった。

「私がどうしてエッフェル塔を狙ったのか、下見を終えても結局、わかりませんでしたけれど」

今日子さんは気軽そうに言いながら、エレベーターに向かった。

帰りのエレベーターもなかなかの行列だった。

「まあいいや。それは盗んでから考えましょう」

2

この手のすみやかな方針撤回は、最速の探偵時代にもよくあることだったし、常連客の今日子さん通なら今更驚くようなことではないにしても、なんとしても今日子さんが違法行為に手を染めるのを止めたい僕としては、生真面目ぶって頑なに『後回しにするのはよくありません。ちゃんと、先に答を出さないと』と、時間稼ぎを試みたけれど、その努力は実らなかった。

あるいは、盗んでから理由を考えるという行為を、今日子さんが自らに許容したのは、ターゲットがエッフェル塔だからという事情も、関係しているのかもしれない。建てられた時点では、そんなつもりはまったくなかった、電波塔としての役割を果たしているエッフェル塔——理由はあとから考えていいのだと、そんな大らかな肯定感を、ここは得られる場所なのだ。

だとすれば、僕は建築家(だろうと、技師だろうと)のギュスターヴ・エッフェル氏を、逆恨みせざるを得ないが……、ちなみに、今日子さんは塔に上る前、彼の胸像の前でお辞儀をしていた——これからあなたの作品を頂戴しますと、ご挨拶でもしていたのだろうか。

「エッフェル塔の建築は、万博のスケジュール合わせでしたからね。結構な突貫工事だったらしいですよ。当時の技術を思えば、そのスピードで完成したのは、奇跡だとか」

「へえ……」

「最速の建築家と言うべきですからね。ご同慶の至りです」

そのご同慶には、できれば最速の怪盗としてではなく、最速の探偵として至って欲しいところだったけれど、それはともかく。

ご同慶と言うなら、今日子さんだけでなく、僕、隠館厄介にもまた、エッフェル氏との共通点があるそうだ。

それは塔建築後の話になるが、エッフェル氏は、なんと身に覚えのない冤罪をかけられたことがあるらしい——最終的には無罪を勝ち取れたそうだが、どうやら昔から、世界中のどこでも、そう言うことはあったようだ。

ただ、そんな（互いに嬉しくない）共通点ができたからと言って、親しみを感じるかと言えば、そんなことはない。と言うのも、最上階まで上ったことで確かに、今日子さんが、エッフェル氏を偉人ではなく変人と称した理由は判明したからである。

まさしく百聞は一見にしかずだった。

なんとエッフェル塔の最上階には多角形の部屋があって、エッフェル氏はそこで暮らしていたというのである——地上三百メートルの視界に、彼は私室を所有していたのだ。

現在その、高くはあっても広いとは言えない、とても快適とは思えない部屋の中には、胸像ならぬ蠟人形が展示されていた。

今日子さんによれば、エッフェル氏と向かい合う形で配置されているもうひとつの蠟人形は、部屋の主を訪ねてきた（それこそ『偉人』）、発明王エジソンとのことだった——いったいそこに、どのようなストーリーがあったのだろう。

当時の異端どころか、こんな人、今でも異端だろう。

小説と同じで、作品と作者は別物なのかもしれないけれど、しかし、こんな人が建てた建築物を盗むと言うのは、ますますもって骨が折れそうだ——鉄骨だけに。

セーヌ川沿いの、エッフェル塔建築以前から営業していましたと佇まいで語る、歴史のありそうなオープンカフェに這入って、僕達は少し早めのランチを取ることになった——ひょっとすると、これが最後の食事になるかもしれないと思うと、折角のフランス料理も、うまく味わうことができなかった。

決して大袈裟な想像ではない。

いくら京都との共通点を見つけようと、ここは日本じゃない、実際、街角で見かけた警察官はマシンガンを装備していた——盗みに失敗した場合、単なる逮捕では済まない可能性が高い。いや、たとえ日本でだって、たとえば東京タワーを盗もうとする不埒者がいたなら、警視庁はライフル射撃も辞さないだろう。

参った。

そうなると、もういっそ、成功してくれたほうがいいという、やけっぱちな気持ちにもなってくる。冗談抜きで、もしも今日子さんがしくじって、正義のお巡りさんから撃ち抜かれるくらいだったら、ヴィランとして名を馳せてくれたほうが、まだマシだ。

僕は忘却探偵としての今日子さんを、心から尊敬しているけれど、犯罪者になって探偵としての名誉を失うくらいなら死を選んで欲しいとまでは、とても思えない。

思えるか、そんなこと。

そのときは、そうだな……、助手である僕も一蓮托生で、怪盗の助手として、今日子さんの下で働き続けよう……、冤罪でクビにならなければ……。

「どうされました？　厄介さん、悲壮な雰囲気を漂わせていますけれど。いけませんよ？　午前中からそんな辛そうな顔をしていては」

運ばれてきたハムと卵のサンドイッチに手をつけつつ、今日子さんはきょとんとした風に訊いてきた——助手の心、怪盗知らずである。

今日子さんこそ、午前中からワインを嗜んでいる場合じゃないはずなのだが……、酒豪と言うより、このペースが続けば酔いどれである。

「フランスではワインが水ですから」

「どんな国ですか。愛媛県ですか」

「私の記憶が確かならば、愛媛県の水がオレンジジュースだというのは、都市伝説のはずですけれど……」

そんな会話で、多少は気持ちもほぐれ、僕もチーズのキッシュに手をつけ始める——腹が減っては盗みはできぬ、か。

もちろん、まだ諦めたわけじゃない。

そもそも、成功とか失敗とか、それ以前に、エッフェル塔を盗む策があるのかないのかである——セーヌ川を挟んだこの位置から見ても、見上げるような角度にそびえ立つエッフェル塔を、忘却怪盗は、いったいどうやって盗もうというのか？

そろそろ、それをはっきりさせておかないと。

「もちろん、策はありますよ」

果たして、今日子さんは言った。

「私にはこのお宝の盗みかたが、最初からわかっていました」

探偵モードのときに聞きたかった台詞である。

ただ、忘却探偵の今日子さんも、『私にはこの事件の真相が最初からわかっていました』という台詞を、名探偵としての美意識として言っているだけで、本当にわかっていたわけでないケースが多々あるから、最初からどころか、今だって、言いながら考えている可能性もないではない。

探偵時と違うのは、僕が、できればその決め台詞が、はったりであって欲しいと痛切に願っていることだが……、どうだろう。

「左様でしたか。さすがは今日子さんですね。世界を股にかける大怪盗、トリックを考えさせたら右に出る者のいない女傑とは、まさしくあなたのことです」

と、ご機嫌を取ってから、

「で、どんな方法なのでしょう。助手として、それだけは聞いておかないと、つつがなくお手伝いができませんからね」

助手と言っても、横で起こし続けるだけの、なんだったら目覚まし時計で代用が利くくらいの助手なのだけれど、ここは勢いで乗り切ろう。

今日子さんも、『結果を見てのお楽しみですよ』などと、いけずなことは言わず、

「では、順を追って説明しましょうか。私にしては、もう十分、勿体ぶりましたしね」

と、エッフェル塔のほうを見た。

「全長三百二十四メートルの鉄塔。正確な総重量を算出するのは難しそうですが、目算でおよそ七千七百七十七トンと言ったところでしょうか。となると、まともに持ち上げようとしても、どんな大がかりな重機を使っても、まず不可能でしょう」

「ええ、そうですね」

わざわざ論理立てて、きっちり説明しなくてもいいような不可能性だったけれど（七千七百七十七トン!?）、とりあえず僕は、聞き役に徹する。

「だけど、その不可能って奴に挑戦するのが、たまんないんですよねえ」

今日子さんが怪盗っぽいことを言う。

聞き役に徹する。

「どうして私がエッフェル塔を盗もうと思ったのかは忘却怪盗ゆえに定かではありませんけれど、ホテルの部屋で目を覚まし、右腕に書いた犯行予告状の内容を読んだ瞬間、ぱっと思いついたアイディアは、およそ三つあります」

「み、三つですか」

これは演技ではなく、本当に感心した。

右腕の『犯行予告状』は、今日子さんが書いたものではあるけれど、厳密には写しだ——そこには『昨日の今日子さん』の意図など、まったく絡んでいない。にもかかわらず、それを読むや否や、エッフェル塔の盗みかたを、三通りも思いつくなんて——ある意味で、推理力があり過ぎるというのも、罪深い。

頭がいいのも、考え物だ。

だからこそ『怪盗淑女』は、今日子さんに白羽の矢を立てたのだろうけれど、これがもしも僕だったら、たとえ自分を怪盗と思い込んだとしても、一通りだって閃くまい。結果、自分が怪盗でないことに思い到れるだろうから、この度の出来事はつくづくアイロニーに満ちている。

「今日子さんらしい、網羅推理ですね」

「網羅推理。推理？」

「い、いえ。網羅スリ。スリと言ったんです」

「……スリと言われると、窃盗めいた軽犯罪っぽくて、怪盗感がなくなりますねえ。もっと大犯罪者っぽく称えてください」

称えてくださいと言われても困るけれど、どうにかごまかせたようだ。スリが多発する観光地だったことが、幸いしたか。

「では、その三つのアイディアのうち、どれを使うんですか？」

それを聞いておけば、防ぐ手立ても思いつくかもしれないというはかない希望もあって、気がはやる僕だったけれど、今日子さんは落ち着いた様子で、かぼちゃのスープをすくいながら、

「そうですね。私の中ではもうこれと言うのは決まっていますけれど、厄介さんの意見も、参考にしてみたいですね」

と、悠長なくらいのんびりしたものだった。

スピードを追求するけれど、決して忙しない人ではないのだ——こうしていると、雰囲気はなんだか、ランチミーティングでもしているようだが、実際はあるまじき犯罪行為の共謀である。

「では第一案から、プレゼンさせていただきます。よろしくお願いします」

ぺこりと頭を下げられたので、つられて「こちらこそ」と、頭を下げ返す——ますます、ミーティングじみてきた。

「第一案。名付けて、バラバラ殺人大作戦」

「…………」

あまり穏やかじゃない作戦名だ。

昨日、飲み込んだ覚えのある用語だったけれど、これでは呑み込み損である——怪盗は、倫理にもとる犯罪者ではあっても独自の美学を持ち、ゆえに、殺人には手を染めないというのが、不文律のはずなのだが。

殺しと善人の金には手を出さないと、ルパン三世も言っている。怪人二十面相も、自らピンチに陥れた小林少年を、『まあおれも殺すつもりはないのだ』と助けようとしたりする——たとえ探偵でなくなろうと、ミステリーの愛読者である今日子さんが、それを知らないはずはない。

はらはらしつつも、僕は『バラバラ殺人大作戦』の詳細を傾聴する。

「繰り返しになりますが、エッフェル塔を盗むにあたっては、大きさ、そして重さが問題なんですよね。更に付け加えるなら、昼夜を問わず、常に人目に晒されていると言うのも、忘れてはなりません」

忘れてはなりませんと忘却怪盗に言われても、そこは忘却探偵に言われたのと、同じ気持ちになってしまう。

だが、その通り。

たとえエッフェル塔が、今の十分の一、百分の一のサイズだったとしても、それを目的に集まる観光客の人数が変わらないのであれば、盗み出す難しさは、実のところそんなには変わらない。

通常の警備体制もさることながら、四六時中、多数の見張りに守られているようなものだ——ルーヴル美術館のモナ・リザは、一人でも運べる大きさだけれど、じゃあ、衆人環視の中で盗めるかと言われれば、できっこないのと同じである。

犯罪行為である以上、目撃されないに越したことはないのだが、エッフェル塔が見られていない時間なんて、一日二十四時間の中に、一分だってないのだ。

「言うならば、経費をかけることなく、世界中から警備員を雇い、常駐させているようなものですね。彼らの目を盗むのは、骨が折れそうです」

うふふと今日子さんは微笑した。

たまたま符合してしまった『目を盗む』という表現が、おかしかったらしい。

「そこで『バラバラ殺人大作戦』ですよ」

「か、観光客をバラバラにするんですか」

それは観光客狙いのスリとは確かに違う、スケールの大きな犯罪だけれど、称えられることはまずなさそうである——今日子さんもどん引きみたいな顔で、「そんなことをするわけないでしょう！」と声を荒らげた。

今日子さんが人目もはばからず大きな声を出すなんて、珍しい——よかった、『怪盗』の不文律は、彼女の根っこの部分に、しっかりと刻印されているらしい。

ただし、提案されるアイディアが途方もないそれであることに変わりはなかった。

「バラバラにするのは、エッフェル塔ですよ」

「え？」

「エッフェル塔をバラバラに分解して、限界まで細かく切り分けて、ひとつずつ運搬しますーーできれば、部品部品を、ポケットに入れて持ち運べるサイズまで。それなら、目撃者がいようと、防犯カメラがあろうと、その『目を盗む』ことは、さほど難しくはありませんからね」

「……難しくは、ありませんね」

いや、難しいけれど、確かに相対的な難易度は下がる。

言うならば、エッフェル塔を一度に運ぶのではなく、ちょっとずつ運ぶという作戦だ——バラバラ殺人という物騒な作戦名は、なるほど、そういう意味か。

推理小説に登場するバラバラ殺人には、大きくわけて、被害者が深く恨まれていたためというパターンと、そのままだと重くて動かせない人間の死体を、運びやすくするためというパターンがあるけれど、この場合は、後者をイメージしているわけだ。

溶接部もあるだろうが、そこは鉄塔ゆえに、溶かして運ぶこともできるか……。

「だけど、観光客や防犯カメラにバレないように、こっそりと、ちょっとずつ盗んだとしても、絶対にいつかは気付かれますよね？」

ネジが一本なくなっているくらいなら、気付かれたとしても見過ごされるかもしれないけれど、柱が一本なくなっているとか、ガラスの床が一枚なくなっているとか、そんな、一目でわかる異常事態にまで怪盗による盗みが進行すれば、もうそれまでである。

どううまくことが（エッフェル塔を）運んだとしても、古典的なコントじゃあるまいし、エッフェル塔が公園から綺麗さっぱりなくなるまで、誰も気付きませんでしたなんてご都合主義な展開が、あるわけがない。

「ええ。ですから、当然、盗んだパーツと同じパーツを、その場に置いてきます。ネジを一本盗むときには、代わりのネジを刺してきます」

「……気付かれないよう、該当箇所に偽物を置いてくるということですか」

「偽物とは言えませんね。パーツとしては、正規品ですから」

「…………」

ならば、『バラバラ殺人大作戦』と名付けるのではなく、より正確には『テセウスの船大作戦』と名付けるべきではなかろうか。

長年、修繕を繰り返して乗り続けた船には、もう最初の頃と同じ部品はどこにも使われておらず、すべてのパーツがリニューアルされていて、それでもなお、同じ船と言えるかどうか——みたいなたとえ話。

あるいは、人間の細胞でたとえてもいいのかもしれない。人間の細胞は、約十年で全部新調されるのだが、では、十年前の自分と十年後の自分は、同一人物と言えるのかどうか——理屈優先の思考実験のようでいて、軽い気持ちで一度考えてしまうと、結構な深度まで考えてしまう、哲学的な設問である。

それを言い出したら、こうして眺めるエッフェル塔だって、百何十年前に建てられた当時の、それそのままの姿ではあるまい。ガラスの床は最近造られたものに違いないし、他にもあちこち、修理修繕、改良され、改善され、リニューアルされている箇所は、たんとあるはずだ。役割のなかった鉄塔時代から、電波塔へと生まれ変わるにあたって、付け足されたアンテナだってあるはずである——その部分は、果たしてエッフェル氏の建てたエッフェル塔と言っていいのか、よくないのか。

難しい。

焼け落ちた東大寺を再建すれば、確かに、それは以前の東大寺と同じものではなくなってしまうかもしれないけれど、しかし大切なのは東大寺への信心だと考えるなら、以前と変わらないどころか、思いはより一層、強くなることもあるだろう。

百年以上、取り壊されることなく連綿と続いてきたエッフェル塔は、やはりずっと、エッフェル塔であり続けてきたと受け取るべきなのか。

受け継ぐべきなのか。

だとすると、そんな塔を、細かく分解して、こっそり（あるいはごっそり）別物に入れ替えてしまうという作戦は、開いた口がふさがらないほど大胆不敵であり、まこと、怪盗らしい手際である。

バラバラにして持ち出したエッフェル塔を、いったいどこで組み上げるのか、組み上げるまで、大量のパーツをどこに保存しておくのかという実際的な問題は生じるにしても、大きくて重いランドマークを、衆人環視の中、誰にも気付かれることなく盗み取るという課題は、見事に果たしている。

唯一、瑕疵（かし）があるとすれば。

「いかがですか？　厄介さん。この『バラバラ殺人大作戦』、いけると思いますか？」

「質問があります」

「なんなりと」

「この素晴らしい作戦は、完了までにどれくらいの時間がかかりますか？」

「短く見積もって、二百年程度です」

「ではいけないと思います」

　ミッションを実行している最中に、エッフェル塔が三百周年を迎えているじゃないか
――万博、何回開かれているんだ。

「それじゃあ、ぜんぜん最速の怪盗になっていませんよ、今日子さん。これからは巧遅(こうち)の怪盗とでも名乗るおつもりですか」

「でも、これは私と厄介さん、二人でチャレンジすればの試算ですよ。日本人全員、一億三千万人で挑めば、工程は大幅に圧縮できます」

「その前に日仏戦争になりますよ」

　と言うか、たぶん、弁解の余地なく世界中を敵に回す。第三次世界大戦の火種となる。その場合、バラバラにされるのは、日本の国土となるだろう……、あな恐ろしや。

「ふふふ。まあ、素案ですから。思いつきをざっくりとプレゼンしてみただけで、たんまりと改良の余地があることは、エッフェル塔のように重々、承知しておりますとも。あくまでブレストと思ってお付き合いください」

「はあ。ブレストですか」

相手の意見を否定してはいけないというルールで行われる会議のことを言うはずだが、突っ込むのも禁止なのだろうか。

ただまあ、冗談じみたアイディアではあったけれど、議論の余地なく不可能と断じるしかなかったエッフェル塔の盗難に、実現可能かどうかはともかく、わずかでも現実味を感じさせてくれたことも事実である。

「では、続く第二案と第三案も聞かせてください」

「もちろん。ちなみに、第一案は、私の動機が『エッフェル塔そのものが欲しかった場合』のアイディアです」

「………？」

「忘却怪盗ゆえに文字通り不覚にも忘れてしまっていますが、私がどうしてエッフェル塔を狙っているのか、その理由次第によって、お宝の盗みかたも変わってくるということですよ。ですから、できることなら先に私の動機をはっきりさせたかったのですが、まあここは数撃ちゃ当たる方式と言いますか。散弾銃作戦で」

確かに、今日子さんは当初、その順序にこだわってきた——結局、スピードを優先して、『動機』は、盗んでから考えることにしてしまったのだが、その切り替えの早さは、たとえ『忘れてしまった』のがどんな動機だったとしても、対応できる盗みかたのパターン数を、用意していたからでもあるらしい。

　でも、『エッフェル塔そのものが欲しかった場合』じゃない場合とは、どういう動機を指すのだろう？

「第二案は、私の動機が『エッフェル塔を盗むことによって生じる効果が欲しかった場合』ですよ」

「……パリ本来の景観を取り戻す、とか、そういうことですか？」

「ええ。たとえば、そういう動機です。もっとも、パリには現在、高さ二百十メートルのモンパルナス・タワーだったりもそびえ立っているようですから、昔懐かしい風景を取り戻すには、エッフェル塔を盗むだけではとても足りませんけれどね」

　ひょうげるように、肩をすくめる今日子さん。

　モンパルナス・タワー……、エッフェル塔の展望室から遠くに見えた、遠目にも威風堂々とした高層ビルのことだろうか。確かに、昔のエッフェル塔と同様の扱いを受けていそうな高層建築だった——高い塔を建てたいという、人間の思いは、今も続いているという証左なのかもしれない。

　そのモンパルナス・タワーに限らず、塔周辺の石造りの町並みからすれば、さながら未来都市のような一角もあったし……、物議をかもすルーヴル美術館前のガラスのピラミッドには、言及するまでもない。そのすべてを盗むとなると、スケールの肥大化がとどまるところを知らない。

「第二案。題して、『エッフェル塔消失トリック大作戦』」

作戦名が推理小説に寄っているあたり、やはり今日子さんは、探偵なのだと思わせる——本人にどうやって、それを気付かせればいいのだろう。自分で気付いてもらうのが一番いいのだが、どうもそれは望むべくもなさそうである——ご機嫌に語っているようだし、今はこのまま、素案とやらを拝聴し続けることにしよう。

「消失……、ですか。聞き慣れない単語ですね」

本当は聞き飽きている。

幾度もそんな事件を体験している、容疑者として。

「まあ、言い換えるならば、これは手品なのですよ」

「手品？」

「エッフェル塔を盗むのではなく、エッフェル塔を消すという方法です。盗まれる側にとってみれば——フランス共和国やフランス国民、そして世界中から押し寄せる観光客にとってみれば、これは、同じことですよね」

同じこと——である。

もちろん罪名は変わってくるし、盗む側にしてみれば、まったく違う行為になるけれど、しかし、被害者（達）にしてみれば、手元からなくなってしまうのなら、盗まれたのとなくしたのとは、似たようなものだ。財布を落としたのと財布をなくしたのとでは受けるショックは全然違えど、受ける被害額は同じ、みたいな感じか……。

先ほどあったように（モンパルナス・タワーに関する注釈も入ったが、それは置いておいて）、もしもパリの景観を取り戻すというのが、『怪盗淑女』の目的だったとするならば、『エッフェル塔を盗む』と『エッフェル塔を消す』は、同様の結果を迎える。

強いて言うなら、エッフェル塔という世界的なシンボルを、みんなの心の中から盗んだのだ――それはそれで、怪盗らしい。

具体的にどこがどうと言うわけじゃないけれども、『盗む』よりも『消す』ほうが、なんとなく難易度は（わずかに）下がるような気もするし……。

「ええ。なにせ、保存場所に困りませんからね。世紀の大怪盗の悩みどころですよ。盗んだお宝を、いったいどこで管理するのかというのは――たいてい、大仰なアジトを構えていたりするわけですが。ルパン三世しかり、怪人二十面相しかり」

私の場合はどうしているんでしょうねえ、最新セキュリティを完備したビルディングでも建てているんでしょうか、と、今日子さんはニアピンなことを言った。どうしてその直感を己の肩書きに対して発揮できない。

それはともかく、そう、それだ。

それはそのまま、エッフェル塔なんて盗んでどこに飾るんだという問いの答になる。

なんだか、ローンを組んで念願の車を買ってみたら、実は駐車場代のほうが月々の支払いは高かったというような、怪盗的ロマンとは程遠い所帯じみた話だけれど、しかし、現実にはどうかわそうとしても突き当たる問題で、それが解決できるこの第二案は、第一案よりも、優れている。

でも、もちろん、その点の難易度が下がった分、上がってしまった難易度もある——第一、『消す』ってなんだ。言いかたが違うだけで、それはバラバラにするのと大差なくないか？　ならば、とどのつまり時間がかかることは避けられないと思うけれど……。

「ご指摘の通りですね。しかし、過去には偉大なるイリュージョニスト達が、巨大建造物を、見事消し去ってみせましたよ」

「でも、それはトリックが——」

あっていいのか。怪盗なのだから。

だけど、そういうケースで消された『巨大建造物』は、大抵の場合（たぶん、すべての場合）、消したあとに、元に戻されているはずだ。

動機を語るなら、イリュージョニスト達の目的は、観客を驚かせることにあったのだから、消したあと、更に元通りに出現させたほうが、オーディエンスの驚きは倍増するわけである——むろん、消しっぱなしでは、世間からお叱りを受けてしまうという当たり前過ぎる事情もあるにせよ。

あれ？　これはいいんじゃないのか？

名探偵である今日子さんに、まさか犯罪を推奨するわけにはいかないけれど、それが手品だというのならば、ぎりぎり許容できる範囲内だ——『面白半分』の怪盗の、おふざけとして、通らなくもない。

どのようなトリックを使って、エッフェル塔を消してみせるのか——文字通り、『消して』『見せる』のか——は、定かではないし、それこそ、結果をお楽しみにということになるのだろうけれど、過去にイリュージョニスト達が成し遂げた成功例があるのだから、今日子さんが灰色の脳細胞をフル活動させれば、消失系のトリックが、なにひとつ思いつかないということはないだろう。

こうなるとむしろ、本当に楽しみなくらいだ。

いったい今日子さんが、どうやってエッフェル塔を消失させるのか。

「うん、最高じゃないですか！」

僕は思わず、声を張り上げ、テーブルから立ち上がってしまった——他のお客さんや、店員さんからいぶかしげな視線を浴びて、慌てて座り直す。

それから声を潜めて、「うん、最高じゃないですか」と、小声で感想を伝えた。

「いかにも怪盗らしいですよ。今日子さんの中で決まっている案っていうのは、これのことなんでしょう？」

あんな言いかたをするから、てっきり今日子さんは第三案にこそ、本命を用意しているのだとばかり思っていたけれど、まさかこんなフェイントをかけてくるとは、味な演出をしてくれる。

「んー。あくまでも『エッフェル塔消失トリック大作戦』は、『盗む』ことが目的ではなく、『盗まれたと思わせる』ことが目的だとした場合にのみ使える、限定的な作戦なんですけれどね」

あれ？

なんだか今日子さんは、乗り気ではなさそうだ。

推しの一案ではなかったのか？

「いえ、提案しておいて推しでないとは言いません。平和的ですしね。盗んだお宝をさらっと返還するというのも、怪盗の美学として、まあありでしょう。でも、私がそんな、人を驚かして楽しむような悪趣味な人間だとは、どうしても思えないんですよねえ」

「…………」

それについては、なんとも言えない。

いや、そういう悪趣味な側面が、決して、今日子さんにないわけではないんだけれど、ただ、ここまで大規模な悪戯を仕掛けようというようなトリックスターではない。

職業探偵としては、むしろビジネスライクなほうだろう——だから、たとえ己の職業を怪盗だと認識していても、その動機が、どうしても自分自身の理性とも感情とも、整合性が取れないらしい。

そうだ。

『私は掟上今日子。怪盗。』は、どれだけロマンに満ちていようとも、あくまでも単なる情報だから受け入れられるけれど、『人を驚かせたい』や、まあ、あるいは『パリの景観を昔のものに戻したい』でもいいのだけれど、それは感情の問題だから、受け入れられないものは受け入れられないのだ——もう一歩、そこから考えを先に進めてもらえれば、自分が怪盗ではないという結論に至ってもらえそうなものだが、情報のインプットのほうは、どこまでも強力らしい。

ならば、今日子さんに躊躇がある分を、僕が推すしかあるまい——怪盗の背中を押すしかあるまい。

その平和的な案を、推進するしかあるまい。

「そう……、私はもっとこう、お金にしか興味がない人間だったような……、座右の書は貯金通帳だったような……エッフェル塔を盗んだら、その全長よりも高く売ることしか考えないような人間だったような……」

「何を愚かしいことを仰っているんです。掟上今日子は義賊（ぎぞく）ですよ」

「そう。『金なんか、ある額を超えたらただの数字だ』が口癖でした」

「義賊ですか」

「格好いい……」

「忘却怪盗ゆえにお忘れでしょうが、以前から今日子さんはよく仰ってました。エッフェル塔がないと気付いたときの、子供達の笑顔が見たいって」

「なんだかいい台詞っぽいですけれど、それで笑顔になりますかねえ、子供達」

今日子さんは、なお首をひねっていたけれど、「でもまあ、そんなところなのでしょうか。自分のことは、案外、自分ではわからないものですからねえ」と、腑に落ちないなりに、納得してくれたようだ。

記憶喪失の人間にあることないことを吹き込むというのでは、僕のやっていることも『怪盗淑女』と大差ないけれど、今日子さんを守るためなら、もはやなりふり構ってはいられない。

また、この第二案にはもうひとついいところがあって、その消失トリックを見ることになるであろうギャラリーの中には、まさにその『怪盗淑女』も含まれるだろうということだ――たとえ現在、フランス国外に高飛びしていようとも、実際に今日子さんがエッフェル塔を『盗む』となると、その現場を見たくなるのが人情だろう。エッフェル塔だけに高見の見物とは行くまいが。

真犯人は必ず犯行現場に戻るの法則とは少し違うけれど、『怪盗淑女』という、今回の事件の『真犯人』をおびき出せるというのであれば、そのマジックショーは、是が非でも開催すべきである。

世紀の大怪盗による世紀のマジックショー。

泥棒の片棒を担ぐなんて、本来は鞭で打たれたって御免蒙りたいところだが、マジシャンのアシスタントならば、喜んでつとめよう。

「それじゃあ、今日子さん。実行するアイディアは、第二案、『エッフェル塔消失トリック大作戦』で決まりということで」

「ええ……、あ、でも、厄介さん。具体的な方法とか、それに第三案の『一人二役第三の大作戦』は、聞かなくていいんですか？」

「聞くまでもありません！　そちらは未来の子供達のためにとっておいてください！」

「そんな子供好きなんですか、私……」

「ええ！　すべての盗みは子供のためです！」

とにかく第二案を、勢いで押し切りたい僕は、そう主張した――そう断じた。第二案の詳細や、第三案（『一人二役第三の大作戦』？）をあえて聞かないことで、決して曲がらない強い意志を示そうと試みたのだ――その試みはうまくいったようで、

「わかりました。まあ、第三案の動機は、やや哲学的と言いますか、精神面に訴えるも

のですしね……、厄介さんがそこまで仰るなら」

と、今日子さんは迷いを捨てたようだった。

ほっと一安心した僕だったけれど、しかし、あとから思えば、これこそが僕がフランス滞在中に犯した、最大の失敗だったのである。エッフェル塔よりも巨大で、エッフェル塔よりも重い、助手の過失だった。

3

失敗は誰だってする。

僕は当たり前にするし、今日子さんも当たり前にする。

部屋で眠らされてしまったことも失敗なら、思い返せば、忘却探偵がフランスに来たこと自体、損失の計り知れない失敗であると言える——一日で記憶がリセットされる彼女は、自分がテリトリーの外に出るリスクを、もっと深く考えるべきだった。

まあ、だからと言って、僕が犯した最大の失敗が、消えてなくなる（消失トリック？）わけではないのだが——そうかと思えば、お洒落なオープンカフェの店員さんも、ミスをした。

食後に注文されたデザートワインを、今日子さんの手元に届ける際、その店員さんは、つるんとグラスを取りこぼしてしまったのだ。

結果、今日子さんの服に、結構な大きさの染みができてしまった。もちろんそこで、平謝りする店員さんにきつく当たるような今日子さんではなく、

「いいんですよ。ちょうど、そろそろ新しいお洋服が欲しくなっていた頃合いでしたから」

と、笑顔で応じていた。もちろん、フランス語で。

着替える頻度が、日本の倍くらいだ——この場合は不可抗力だけれど、今日子さんからしてみれば、店員さんの粗相は、いい口実だっただろう。

念願のショッピングタイムである。

方針もばっちり決定したことだし、ここで気分一新、切り替える意味で、お色直しをしようという気持ちもあったのかもしれない。

そんなわけで、ランチを終えた僕と今日子さんは、エッフェル塔やシャンゼリゼ大通りからやや離れた、ヴァンドーム広場近辺の、ファッションに疎い僕でも名前を知っているような、有名ブランドショップに入店した。

振り切って女性向けの店舗なので、居心地の悪いことこの上なかったけれど（一応、男性向けの服も販売していたものの、僕にはとても着こなせないような、限界まで尖ったデザインのものばかりだ）、まあ、こういう店で女性の買い物に付き添えないようで

は、いつまでたってもパリジャンは名乗れないのだろう。

名乗りたいわけじゃないけれど。

ちなみに、さすがファッションの本場パリと言うべきか、さすが今日子さんと言うべきか、目をみはるほどお高い衣服ばかりである——この代金も、必要経費として、今日子さんはクライアントに請求するのだろうか？

ああ、いやいや。

今の今日子さんは、クライアントの存在自体を忘れているので、完全に自腹のつもりでだろう……、でもまあ、これだけ毎日（フランスにおいては、半日ごとに）新たな衣装に身を包んでいれば、一部で守銭奴と評判が立つのも致し方ないのか。

なんにしても、ショップの店員さんと会話を弾ませながら、『犯行』に向けた勝負服を選んでいる今日子さんは、本当に楽しそうである。何を話しているのかはわからないが、たぶん、日本語で話されていても、意味不明のファッション用語が飛び交っているものだと思われる。

ますますもって、所在ない。

でも、そうか……、クライアントの件もあったな。

首尾よく、消失トリックのマジックショーで、『怪盗淑女』をおびき寄せることに成功したとしても、クライアントの正体が謎のままでは、今日子さんは依頼料はおろか、経費の請求さえできない。

もっとも悲惨なのは、想定した通り、『怪盗淑女』とクライアントが同一人物だったケースであり、その場合、今日子さんは、ただ働きをしただけに終わってしまう。

ただ働きどころか、大赤字である。

まあ、そんな得失のことまで頭が回るようになってきたのは、僕の心にも多少は、余裕ができたということだろうか……、今日子さんが忘却怪盗になってからこっち、ほとんど気の休まる暇もなかったが、ようやく、解決の糸口が見えてきて——ただ、ここで気を抜くと、どっと疲労（と、眠気）が、大挙してぶり返して来かねない。

油断せず、もうひと踏ん張りしなければ。

「厄介さん。私、こちらを試着しちゃいますね。サイズに問題がないようでしたら、そのまま着て帰りますので、しばしお待ちください」

試着した服をそのまま着て帰るなんて服の買いかたがあるのか……、いちいち新鮮である。タグはどうするのだろう？　いや、こういうお店で売っている服に、タグなんてついていないか。

見れば、今日子さんがハンガーごと持っている（束ねている？）服は、どことなく燕尾服っぽいデザインのそれだった……、蝶（ちょう）ネクタイも持っているようだし、ひょっとして、正真正銘のマジシャンイメージなのだろうか。

なんとも難しそうなステージ衣装だけれど、しかしまあ、今日子さんなら見事、着こなしてみせることだろう……、それに、今日子さんはもう消失トリック案に、迷いがないようで、改めて僕はほっとした。

これで、最悪の場合でも、最悪の結果にはならない……、いや、待て、安心するのはまだ早い。

「今日子さん、試着室にはまだ入らないでください。僕が先に、チェックします」

「チェック？」

ぽかんとする今日子さんの脇をすり抜けるようにして、僕は靴を脱いで、今日子さんがカーテンに手をかけようとしていたフィッティングルーム内に這入る。

まさかこんな、絵に描いたような（絵に描かれるような）高級ブティックでそんなことがあるとは思わないけれど、しかし、海外で、試着室を利用した誘拐事件があるというような都市伝説を聞いたことがある――漫画で読んだんだったかな？

床が抜けるとか、姿見の部分が隠し扉になっているとかで、着替え中の無防備な女性をかどわかすという、まあ、それはそれで消失トリックである――更にミステリー風味を増した、密室消失トリックだ。

ここまでずっと、あれこれがあべこべな場面が続いてきたのだ、消失トリックを使おうとしている今日子さんが、試着室にて消失してしまうというような事態を、僕は前もって防がねばならない。

そう思っての申し出だったのだが、これは完全に、僕が神経質になり過ぎていたようだ。フィッティングルーム内には、何のトリックも、どんなギミックもなかった。何の変哲もないハンガー掛けと、びくともしない大鏡があるだけである。

ありとあらゆる冤罪を浴びてきた僕が保証できる、この密室内には、手品めいた仕掛けは一切ないと——用心深い奴のつもりだったけれど、これではほぼノイローゼみたいなものだった。

今日子さんのみならず、ブティックの店員さん達まで、僕のことを白い目で見ているし……、やれやれ、ボディーガード気取りで、取り返しがつかないほど恥ずかしい真似をしてしまった。

こほんと咳払いをし、

「問題ありませんでした。どうぞお着替えください」

と、僕は気を取り直して、今日子さんに場所を譲った。

「ええ。そうさせていただきます。待っている間、夕食のメニューでも考えておいてくださいな。おもいっきり豪勢なのをね。今夜はフルコースで祝杯をあげましょう」

「祝杯ですか」

あげたいものだ。

僕はもう、明日には日本に帰らねばならないフライトスケジュールになっている――もちろん、場合によってはどうにかして滞在を延長するつもりだったけれど、予定通りに帰れるのであれば、それに越したことはない。

エッフェル塔しか見られていないようで、意外といろんな体験もできたことだし……。

「では、後ほど」

今日子さんは内側から、試着室のカーテンを引いた。

まあ、試着室内に仕掛けはなかったとは言え、ここまでくれば、乗りかかった船と言うか、毒を食らわば皿までだと、僕はその試着室の真ん前に立つ。

シャワーと同じで、まさかフィッティングルーム内を覗くわけにはいかないけれど、これくらいの距離に立てば、着替える際の衣擦れの音は十分聞こえる。

その音で、今日子さんが消失することなく、試着室の中にいることがわかるし、万々が一、床や姿見が開くようなことがあっても、やはり音でわかるだろう――店員さんが総出でじろじろ、僕のことを見続けているけれど、何、疑惑のまなざしを向けられることくらい、慣れっこだ。

なあに、僕の冤罪体質が、ここに来てようやく、国際的になっただけのことさ。

コートを脱ぐ音。ハンガーにかけた。続いてセーターを脱ぐ。左腕から。床に置いてあったポシェットを少し右に動かす。ジーンズのジッパーを外す音。畳んで床の、先ほど空けたスペースに置く。これで下着姿になった。ワインは下着までは濡らしていなかったのだろうか、そこまでは替えずに済んだらしい。そしてすぐに持ち込んだ燕尾服風の衣装を試着――するのかと思ったら、急に音が止まった。なぜ？　何かあったか？　飛び込むか？　違う。たぶん今日子さんは今、姿見で、自分の肌を確認しているのだ。左腕に書かれたプロフィール、右腕に書かれた犯行予告状。そして腹部に書かれた僕の誓約書。姿見では、左右が反転してさぞかし読みづらいだろうが……。でも、肌の文字なら昨日、バスルームの鏡でも見ているだろうし、今更、新しい発見があるとも思えないけれど？　ひょっとしたら、エッフェル塔をどう消すか、その方法を詰めているのかもしれない。その手の消失トリックに、鏡を使うのはお約束みたいなものだし……。しているうちに、一時停止していた着替えの音が再開した。どうやらスラックスから穿くらしい……。

と。

「もし。よろしいですかな？」

試着室内のかすかな音に集中しているタイミングで、急に話しかけられ、僕はびくっとなった――え、日本語？

後ろめたい行為をしていたところを指弾（しだん）されたかのようで、「は、はいっ」と、慌ててそちらを見ると、小柄な老爺が、僕のことを見上げていた。僕の奇行（？）に気付いていたのかいないのか、にこにことした好々爺だった——日本人？　アジア系であることは確かっぽいけれど——ああ、いや、日本人だ。手に持っているガイドブックが、日本語だもん。

どこから『怪盗淑女』が現れ、今日子さんにまたしても危害を加えないとも限らないと、警戒心をむき出しにしていたところだけに（あとは、試着室の内部からの音に集中して耳を傾けていたところだけに）、胸をなで下ろした。

「お兄さんや、道を教えていただけますかな？　エッフェル塔を見に行きたいのですが、ここからならどちらに向かえばいいのか……、パリに来れば、どこからでも見えると思っていたのですが、すっかり迷ってしまいまして」

「はあ」

いかに巨大なエッフェル塔でも、さすがに、どこからでも見えるとまではいかない——真近の真正面に建物があれば、いくら高さ制限されていようと、あるいは巨漢であろうと、視界は遮られる。どうやら好々爺は、ガラス張りのショップの中にいる、同じ日本人とおぼしき僕を、通りから見かけて、声をかけてきたようだ。

まったく、なんでもかんでも警戒し過ぎだな。

全方位に向けてぴりぴりしていても、それはそれでミスに繋がるだろう……、エッフエル塔の場所？　まあ、短期間に二回も訪れているので、さすがにわかるけれど。

「婆さんに偉そうなことを言っておきながら、恥ずかしい限りですわい」

そう言って、好々爺は店の入り口のあたりに立っている老婆を振り返って、手を振った——気付いたお婆さんがこちらに会釈する。僕はそれに応えつつ、「ご夫婦で旅行ですか？」と、訊いた。

初対面の人間に対して必要以上に愛想よく振るまってしまうのは冤罪体質ゆえだが、それだけではなく、微笑ましく思う素直な気持ちもあった。

「ええ。孫からプレゼントされましてな。まあ、生きているうちに、エッフェル塔だけは見ておきませんと」

「なるほど。いや、きっとご覧になられたら驚きますよ」

そう言いつつ、僕は試着室の前から離れる——ガイドブックの地図で教えるよりも、通りに出て指で方角を示したほうがわかりやすかろう。僕の奇行（？）によって、必然的に店員さんも、試着室を気にしているようだし、一瞬離れた隙に今日子さんがいなくなるというようなことはないはずだ。

日本人同士、助け合わないと。

今日子さんがまだ忘却探偵だった頃、僕を助手として雇うにあたって言っていた、そんな考えが念頭にあった——念頭にあったそんな考えを、鮮やかに利用された。

僕の記憶は、ショップから一歩、外に出たところでぷつりと途絶える。

失態だった。失態でしかなかった。

あれこれあべこべな場面が続いてきた今回の事件なのだから、今日子さんではなく、僕が狙われる可能性だって、しっかり考慮すべきだったのに。

4

日本人だから信用できるわけじゃない。

老爺だから信用できるわけじゃない。

更に言うと、外に立つ老婆に手を振ったからといって、その二人が夫婦だとは限らない——手を振られたら、会釈するくらいの愛想は、無関係の他人であっても、冤罪体質でなくっても、することである。

まるでモデルケースみたいな詐欺被害に、僕は遭ってしまったというわけだ。真面目な話、命を取られていてもおかしくないくらいの、間抜けな行動だった。

だが、命は取られなかった。

当然だ——相手は、怪盗なのだから。

現代に生き、現実に生きる、怪盗紳士。

意識が戻ったとき、ぼんやりと薄暗い中、僕はテーブルについていた。今がいつなのか、どこにいるのか、まったくわからず、ほんの少しだけ今日子さんの気持ちを体感したが、もちろん、僕の記憶はリセットされていない。

単にぽっかりと空白があるだけだ。

周囲は薄暗いが、何も見えないというほどではない――宮殿？　いや、レストランか？　だだっぴろい大広間みたいな空間に、テーブルクロスをかけられた机がひしめくようにずらりと整然と並べられていて……、四方の窓には緞帳のようにぶ厚いカーテンがかけられている。

はっと気付けば、僕の格好も変わっていた。

いわゆるタキシードという奴で、空間の雰囲気に合わせたそれになっていると言うのか、ドレスコードを守っていると言うのか、堅苦しいくらいの正装である。

よく僕のサイズがあったものだと、寝起きの頭で的外れなことを思う……、違う、ここはフランスだ、僕くらいのサイズは、そこまで珍しいものじゃない。

フランスか？

まだフランスにいるか？

高級ブティックを出たところまでしか覚えていないから、その後、何があったのか、どこに連れてこられたのか、さっぱりわからない――

「お疲れだったようですな、隠館厄介くん。そこまで強力な麻酔だったわけではないはずなのですが、ぐっすりお休みでしたな。見ていて幸せな気持ちになる、心洗われる寝顔でしたな」

「！」

正面から声がした。

と、同時に、マッチの擦られた音がした——テーブルの上の蠟燭に、火が灯される。それで、ずっと正面に座っていたとおぼしき人物の姿が、ふっと幽霊のごとく、現れた——にこにことした、好々爺然とした、小柄な老人。

僕に道を訊いてきた日本人。

彼もまた、折り目正しく正装していたが、しかし、ブティックで会ったときと印象ががらりと違うのは、必ずしもファッションのせいだけではあるまい。

間違っても、好々爺ではない。むしろ社会的には、嫌悪されてしかるべき存在だ。

僕の、遅まきながらの直感によれば、彼は世紀の大犯罪者なのだから——世紀の大怪盗なのだから。

「……麻酔ですか」

ドラマや映画で盛んに登場する、クロロホルムのような薬品は、実際にはあんな風に、一瞬で人を眠らせたりはできないと聞くけれど……、僕はいったい、どんな風に誘拐されたのだろう？　なにせ今日子さんを眠らせた相手だ、僕の意識を奪うくらい、お茶の子さいさいだっただろうが……。

腕時計を見る。時差を計算する。

ブティックに這入ったのは昼頃だったはずだけれど、もうすっかり夜だった——確かに、ここまでの長時間、僕に意識がなかったのは、単に麻酔の効果というわけでもなさそうだ。まあ、事実上、二日くらいにわたって一睡もしていなかったのだから、やむかたないことだ……。

「ディナーにはよい時間ですな。食前酒は、シャンパンでよろしいですかな？　折角ですから、私のお勧めを飲んでいただきましょうか」

好々爺——元好々爺は、そう言って、芝居がかった風に、指をぱちんと鳴らした。すると音もなく、扉の向こうからギャルソンが現れる。どうやら、ここはレストランで正解のようだ——まだ真夜中というわけでもないのに他にお客さんがまったくいないところを見ると、貸し切りにしているのだろうか。

こんなにもわかりやすく高級そうなレストランを貸し切りにするなんて、さらってきた者に対するプレッシャーのかけかたとしては、上々である。変に廃屋やらに監禁されるより、よっぽど効果的だった。

元好々爺とギャルソンは、フランス語で会話している——その内容はわからないが、たぶん、シャンパンを注文しているのだろう。シャンパンにどのような種類があるのか知らないが、老爺にはこだわりがあるようだ。

日本人離れした語学力。

だけど、正面に座る彼が日本人だという見立ては、間違っちゃいないだろう——そうだ、そこで油断したのは、本当に失敗だった。本来ならば、昨夜の時点で気付いていてもおかしくなかったんだ——負け惜しみや強がりではなく、そう思う。

ネグリジェ姿の今日子さんを直視できてさえいたら。

今日子さんの左腕の備忘録を、今日子さんの筆跡を真似た上で書き換えた——それだけで十分、『してやられた』と思ったから、文章についてそれ以上の分析をしていなかったけれど。

『私は掟上今日子。探偵。一日ごとに記憶がリセットされる。』——『私は掟上今日子。怪盗。一日ごとに記憶がリセットされる。』

たった二文字を書き換えるだけで、今日子さんを怪盗淑女に仕立て上げた、見事としか言いようのない手腕——だけど、その備忘録の原文は、日本語で書かれていて、書き換えられたのも日本語だった。

だったら、書き換えたならず者は、もしかしたら日本人かもしれないと、そう推理することもできたはずだった——直後は無理でも、昨夜、改めて、風呂上がりの今日子さんの全身のあちこちに書かれた文面を見比べたときなら。

ロゼッタ・ストーンのように。

むろん、単に日本語に堪能な外国人という可能性だってあるのだから、断定はできないにしても——怪盗の第一人者とも言えるアルセーヌ・ルパンがフランス人だという先入観に囚われていた。

だけど、もしも『怪盗淑女』が日本人だと、少しでも思えていたなら、ブティックで声をかけられた時点で、僕があそこまで気を緩めることはなかっただろうし——何より、もっと深く、その先の先まで推理することができていたはずだ。

てっきり『怪盗淑女』は、海外時代の今日子さんを知っていて、だからパリ警視庁に犯行予告状を出すことで彼女を呼び寄せたのだ、だから彼女を怪盗に仕立てて、いいように利用しようとしているのだと思っていたけれど——日本人なら、そうじゃなくてもいい。

置手紙探偵事務所を。

忘却探偵、掟上今日子の現在を知っていれば、それで事足りる——そして。

そしてその探偵事務所の上得意である、隠館厄介を知っていたなら——

「……どこから」

「ん？　何ですかな？」

「どこから、計画通りだったんですか？」

この期に及んでなんとかして対等を装おうとする、虚勢を張った僕の問いかけに、元好々爺は、「言うまでもなく、マドモアゼル掟上の上着にワインをこぼさせたのは、私の指示ですな」と、応えた。

「誤解なさらないで欲しいですな、責めないであげて欲しいですな。仲間というわけではありません。私に仲間はいません。彼にはただ、多少の紙幣を渡してお願いしただけですな――快く引き受けてくださいましたよ」

「………」

いや、そんな近々のことを質問したわけじゃなかったが……、だけど、あれもまた仕込みだったのか。

今日子さんの服を汚して、彼女に着替えを促すことで――つまり、彼女を試着室という密室に閉じ込めることで、都市伝説のように今日子さんを拉致するのではなく、よりにもよってこの僕を、孤立した僕を、誘拐するためのシチュエーションを整えた。

そう。

怪盗の助手に仕立て上げた僕を。

「………」

「おやおや。それは疑惑の視線ですな。ひょっとして、あなたが旅行代理店をクビになったことすらも、私の仕込みだと思っていますか？　責任転嫁もはなはだしいですな。正当な理由もなく疑われたからと言って、正当な理由もなく疑ってはいけませんな。あれはあなたが勝手に容疑者扱いされただけですよ」

私はフランス行きのチケットを、タイミングを見計らってキャンセルしただけですからな――と、老人は得意げに笑ってみせた。

その笑みを、『人が好さそう』とは、もう思えない。むしろ邪悪だ。

……でも、そうか。

正直、その点においては、多少運命的なものも感じていなくはなかったのだけれど、僕はフランスで偶然、今日子さんと出会ったわけではなかったのか。

助手としての文面も、腹部に書かれていたから残っていたわけではなく、わざと見逃されていたのだ。ワンピースだから見つからなかったわけでも、消すに消せなかったわけでもない。

「記憶は失われようとも、動作を繰り返していれば、それは『癖』として、頭脳ではなく肉体に刻まれますからな。ムッシュ隠館。あなたがこれまで、何度となく忘却探偵の助手を務めていることは、調べがついていました――つまり、マドモアゼル掟上には、あなたを助手に任命する、『癖』がある」

「………」

それは独特の見方であり、とても確かだとは思えない——どちらかと言えば僕は、今日子さんには肉体的記憶も残らないいんじゃないかと、思うときのほうが多い。けれど、結果としては、今回、僕は今日子さんに助手を任じられた——以前そうあったように、またしても『起こし係』を命じられた。

元好々爺の思惑通りに。

今日子さんが怪盗に仕立てられたように、僕は怪盗の助手に仕立て上げられていた——だが、なんのために？

「マドモアゼル掟上に、二度も接触するほど、私は命知らずではありませんからな」

老人は語る。

己の犯行を自供する——否、自慢する。

「最初から、適当なところで、あなたをピックアップするつもりでした。マドモアゼル掟上から、手段を聞き終えたようでしたからな——エッフェル塔を盗む手段を」

それをずっと待っていたのか。

僕が『最高じゃないですか！』と叫ぶ瞬間を待っていたのか。

国外に逃亡することも、高飛びすることもせず、観光客に紛れる形で——つくづく、『怪盗淑女』が日本人である可能性に思い至ってさえいれば。

無意識に観光客、すなわちフランスから見ての外国人を容疑者から除外して、警戒心からオミットしていた。

だが、ここまで思い違いをし続けてきた僕だ。

もう思い込みでいい加減なことばかり言っていられない——本来、これは名探偵の役回りなのだが、探偵が怪盗となった現在、僕ごときがそれを指摘しても、怒る者などいないだろう。

「あなたが——『怪盗淑女』ですか？」

「ウイであり、ノンですな。その称号は、マドモアゼル掟上のために特別にでっちあげたものですから」

飄々として、老人は答えた。

「私のことは、どうか矍鑠伯爵とお呼びください」

矍鑠伯爵は答えた。矍鑠と。

5

元好々爺にして元祖『怪盗淑女』、矍鑠伯爵と名乗った老人の姿は、こうして近距離で向かい合って座っていても、うまく頭に入ってこない——カーテンが閉めきられた薄闇の中で蠟燭の明かりが頼りないからという事情もあるだろうが、それこそ怪盗気取りの仮面をつけているわけでもないのに、まるで透き通っているかのように、彼の存在感はうつろである。

通りですれ違っても、すぐに忘れてしまいそうな顔立ちだ——目をそらせば、どんな顔だったか、わからなくなる。逆に言えば、どこにでも馴染むし、どこにいても不自然さも、違和感もない——世界中のどこにいても。

世界で活躍する日本人か。

あるいはそれこそが怪盗に求められる資質なのかもしれないけれど、今日子さんとは違う意味で、彼もまた、忘却怪盗と言うわけだ。

いつの間にか、テーブルの上にグラスが置かれていた——このレストランの給仕も、矍鑠伯爵の仲間ではない、無関係の店員さんなのだろうか？

「どうしました？　シャンパンを飲まなければ食事は始まりませんな、ムッシュ隠館」

「……いただきます」

フランス料理の魅力に屈したわけではないけれど、ここでハンガーストライキを決め込んでも意味がなさそうだ。

「安心しなさい、毒など入っていませんよ。フランス料理に毒を混ぜるほど、無粋ではありません。これでも、怪盗紳士のつもりですからな」

「そりゃあ……、ずいぶんご立派ですね」

味なんて、とてもわかる状況じゃないと思っていたけれど、それでもシャンパンはおいしかったし、前菜の生ガキ料理はかき乱された心を、いくらか落ち着かせてくれた。

今日子さんを怪盗に仕立てるにあたって、暴力に訴えることなく、もっとも遠回りな、そしてもっともスマートな方法を採った老爺——女性に対して優しいだけでなく、巨漢の僕を誘拐するにあたっても、乱暴な手段は採用しなかった。

ならば確かに、食事に仕掛けはないだろう。

僕や今日子さんに、敵意をもって、接してきたわけじゃない——あくまで、すべては盗みの手段でしかないのだ。

「安心してください、ムッシュ隠館。食事が終われば、お帰ししますとも。なんなら、ホテルまでお送りしましょう」

「…………」

「念のために言っておきますが、助けは期待しないことですな。マドモアゼル掟上も、あなたを助けるために、下着姿でフィッティングルームから飛び出してくるほど、お転婆ではないでしょうしな」

そりゃそうだ。

ただ分断するだけが目的ではなく、それもあって、今日子さんが試着室にいる隙に、彼女が身動きの取れないタイミングを狙って、僕に声をかけたわけか——どこもかしこも周到である。

いつも思うことだけれど、頭の回る人間が本気で人を騙してきたら、どんなに気をつけても、それをかわすすべはないな。

もちろん、それをかわすすべはないな。携帯電話やらは没収されているだろうし、僕の現在地を、今日子さんに伝えるすべはない――そもそも、土地勘のない僕には、このレストランが、どこにあるのかもわからない。

「お土産も差し上げましょう」

と、矍鑠伯爵は、隣のテーブルを指さした。

見れば、いつの間にかそこにはバスケットに入った、小さなワインボトルが置かれていた――お土産がワインというのは、いかにもフランスっぽいが？

だが、瓶の中身はワインではなかった。

「マジックインキの溶解液です。特別に調合したもので、肌を傷めることなく、備忘録を拭い落とせますよ。それでマドモアゼル掟上は、『怪盗淑女』を引退できますな」

「…………」

僕を眠らせるのに使った麻酔にしろ、いろいろと、怪盗らしいアイテムを出してきてくれる――やや、サービス精神旺盛過ぎるくらいだ。

まあ、こんな風に、誰かに対して堂々と怪盗を名乗れる機会なんてそうそうないだろうから、飄々としてみえる老人も、多少は張り切っているのかもしれない。

名探偵の謎解きシーンのようなものか。

だったらこの際もうちょっと詳しく、ご教授願おう——今日子さんを心配するあまり、自分に対するガードが完全におろそかになっていた僕が、いったい何を仕掛けられ、どう引っかかったかは、もう嫌と言うほどに痛感したけれど、それでも、わからないことはまだまだ山のようにあった。

謎は未だ、エッフェル塔のように高く、積み重なっている。

堆く、渦巻いている。

だからこそ、真犯人に真相を語ってもらおう、自慢げに——そうでないと、潔く敗北を認められない。負けっぷりのいい男になれない。

「あなたが今日子さんに——そして僕に、あれこれ仕掛けて来ていたのは、エッフェル塔を盗む方法を彼女に考えさせることだった、でいいんですよね？」

「ええ。名探偵の頭脳を、悪用しようと愚考いたしましたな」

そりゃあまさしく愚考だ、と同意したいのを、ぐっと我慢する。

矍鑠伯爵は、今のところ紳士然として振る舞っているし、僕に暴力を振るうつもりはなく、あくまでもてなすつもりなのは間違いないだろうけれど、それでもヴィランはヴィランである。

いつどこで、豹変するかわからない。

後先考えずに悪態をつけるほど、僕も向こう見ずにはなれない。

「置手紙探偵事務所の評判は、かねてより聞いていましたからな。かと言って、『エッフェル塔を盗む方法を教えて欲しい』と依頼するわけにも参りません——なので、一計を案じました」

「……じゃあ、事件の依頼人も、あなたなんですね？」

「そう。依頼人＝犯人のパターンですな」

前菜に続いて、焼きたてパンの盛り合わせが、テーブルに置かれた。アルコールへの造詣は浅い僕だけれど、まあ、フランス料理店に来てパンを食べないというわけにもいかないことくらいは、弁えている。

とは言えフランスパンではそのまんま過ぎるので、クロワッサンに手を伸ばした。

依頼人＝犯人か。

当然ながら、今日子さんだって、そのパターンは熟知していたはずだ。『依頼人は嘘をつく』を鉄則としている置手紙探偵事務所なのだから、『代理人の代理人』のような、匿名のクライアントを、警戒しなかったわけがない。

むろん、忘却探偵の性質上、素性を知られたくない依頼人、依頼内容が集うのもまた当然なので、ただ匿名というだけで門前払いはできまいが——いったい矍鑠伯爵は、どうやって今日子さんを動かしたのだ？

　しかも、海外まで……。

「逆に、国内に呼び出すほうがいくらか難しかったでしょうな。海外の事件の依頼だからこそ、私はマドモアゼル掟上をその気にさせることができたと言えましょう」

「……？　どういう意味です？」

　本人は『金払いがよかったから』とか、『フランスはファションの町だから、ショッピングのために』とか、そんなはぐらかすようなことを言っていたけれど……、あれが建前(たてまえ)だということは、僕にだってわかる。

　ならば、本音は？　今日子さんの本音は、どこにある？

「置手紙探偵事務所の常連であるムッシュ隠館なら、ご存知でしょう？　忘却探偵の大空白時代は、主に海外での活動に当てられていたことを——ですから、それとなく、その時代を**知っている**風を装いました。彼女の過去を知っていると匂わせました」

「…………」

「『そんなことで』という顔ですが、意外ですか？　マドモアゼル掟上とて、自分の空白時代が、まったく気にかからないわけではないでしょう——仕事の合間に、忘れてしまった己の過去を垣間見たいと思っても、不思議はないでしょう。謎もないでしょう。若者感覚に合わせた言葉で言うなら、自分探しの旅を、私は彼女に促したというわけですな」

生憎私はマドモアゼル掟上の海外時代など、まるで知らないのですがな——と、まったく悪びれることなく、矍鑠伯爵は言った。

「私の関心の的は、あくまで、彼女の知性なのですから——失われた過去には興味はありませんな。あなたもそうなんじゃないですかな？」

そうじゃないのかと訊かれたら、確かにそうだ——だが、だからと言って、今日子さんを騙していいということにはならない。絶対にならない。

失われた過去を餌(えさ)にして、今日子さんを海外に連れ出した矍鑠伯爵のやり口は、それもまた、誰も傷つけない紳士的なものなのかもしれないけれど——誰も傷つけないことが、暴力的でないことが、必ずしも紳士である要件ではないはずだ。

とは言え、確かに、謎はない。

自分探しの旅——僕のような現実逃避の旅ではない、もっと切実な旅。

フランスから依頼があったと仮定するからこそ、正体不明のクライアントは今日子さんの過去を知っているんじゃないかという推測が成り立っていたけれど、その正体が日本人だったというのであれば、別段それを知っている必要はないのだ——そして、知らなくとも、知っている振りができるのだ。

だけど……。

「そこまでして、あなたが今日子さんを引っ張り出した理由は、なんなんですか？　探偵を舞台にあげるのは、高リスクだったはずです。今日子さんと接触するのは、たとえ一度だって……」

「ムッシュ隠館。だからこそ、あなたを招くことで、リスクヘッジをしたのですよ。まあ、むろん計算外もありました。あなたが筆跡の偽造に気付くほど、マドモアゼル掟上に入れ込んでいるというのは、予想以上でしたよ――ただし、それは私にとって、いいように働きましたがな。助手として、あなたはむしろ、積極的になった。ただ流されるまま、巻き込まれるまま事態に関わるのではなく、自らの意志で乗り出した。マドモアゼル掟上を守るためにね」

「…………」

「巻き込んでしまったことは申し訳ありませんでしたが、けれど、そう悪い思いもしなかったでしょう？」

「ええ……、おかげでエッフェル塔は、色んな角度から、外から内から、たっぷり見られましたよ。できればもっと、いろいろ名所名刹(めいしょめいさつ)を見たかったですけれどね」

話がうまくかみ合わない。暖簾(のれん)に腕押しをしているかのようだ――僕が何を言っても、この怪盗が罪悪感を覚えるようなことはないのだろうが。

実際はそんな簡単なものじゃなかっただろうけれど、フランスに来てからも、フランスに来るまでも、ずっとこの老人の手のひらの上でもてあそばれていたようで、愉快だとはとても言えない。操り系の犯罪を目の当たりにした気分だ——否、そのものなのか。

美食が載ってなければ、テーブルをひっくり返したいくらいだった——それもまた、巧みな企みにコントロールされているようで、業腹(ごうはら)である。

そんな僕に取り合うことなく、「今までご苦労様でした」と、矍鑠伯爵は、僕を、そして今日子さんをねぎらうようなことを言った。

「このあとはこの私、矍鑠伯爵が引き継がせていただきますからな。安心してください、あなたの頼れる探偵さんを、犯罪者にするつもりなど、元よりありませんよ。私はレディーファーストを重んじる、紳士ですからね。私が忘却探偵に望むのは、知恵を出していただくところまでです。手を汚すのは、私の仕事です」

「……おいしいとこどりですね。まるで」

二皿あるメインディッシュの一皿目だという魚料理、独特な色合いのソースがかかった舌ビラメのムニエルを受けつつ、そんなことを言うと、まるでうまいことを言ったみたいだが、しかし、僕は苦々しい思いに囚われていた。

今日子さんの手を、犯罪に染めさせるつもりが最初からなかったと言うのなら、むしろそのこと自体は感謝してもいいくらいに喜ぶべき事柄のはずなのに、とてもそうは思えなかった。

アイディアだけ出させて、それを取り上げようだなんて——どこが紳士なのだ、図々しいにも程がある。

「恥ずかしいとは思わないんですか。さんざん、今日子さんを働かせておいて、騙すようなことまでしておきながら、肝心要（かんじんかなめ）のところで、手柄だけ横取りしようなんて」

「なんら恥じるところはありませんな。なにせ私は、怪盗でありますからな。紳士は紳士でも、怪盗紳士ですからな。欲しいものならエッフェル塔だって」

矍鑠伯爵は、誇らしげに言った。

「アイディアだって、盗みとります」

6

食の極みとも言えるフランス料理に、それでも無理矢理こじつけて、無理矢理文句をつけるとすれば、コースが完了するまでに、それなりの時間を要するということだ——僕が断絶した意識を取り戻し、ディナータイムが始まってから、ふと気付けば、もう二時間近くが経過していた。

だけど、矍鑠伯爵の言う通り、助けが来る気配はまったくない——日本人にはあまり馴染みのないウサギ肉のパイ包みが来ようとも、助けは来ない。レストランの店員さん達も、貸し切り客からどのように言い含められているのか、現在進行形でどのような詐欺にあっているのか、プロとして完全に無関心の姿勢を貫いているようだし、もちろん、パリ警視庁が突入してくるようなこともない。

今日子さんは、着替えを終えて試着室を出て、僕の不在には、そりゃあ気付くだろうけれど、それでもすぐに警察に通報しようとは思わないだろう——子供が迷子になったわけじゃないのだ。今日子さんは僕と違って、危機感を抱いて行動しているわけじゃない。

まして、今の今日子さんは、自分を怪盗だと思い込んでいる。たとえ僕の行方不明から、直感的にのっぴきならない気配を感じ取ったとしても、そうそう警察を頼ろうとは考えられないだろう。

ゆえに僕は自力で、この状況から脱しなければならないのだ——と、そんな風に思い詰めることさえ、実は許されていない。

今、僕に許されているのは、まるで伝書鳩(でんしょばと)か、もっと言えば今日子さんのところに送り込まれていたスパイのごとく、彼女から聞いた、エッフェル塔を盗み出すためのアイディアを、矍鑠伯爵に報告するだけである。

ここで意地を張って、絶対に口を割らない、拷問でもなんでもしてみろと、強硬な姿勢を示すことには何の意味もない。逆効果しか生まない。僕が、なんと言うか、男気のようなものを目一杯発揮しても、矍鑠伯爵は、痛くもかゆくもないだろう――どころか、今日子さんを危険に晒すことになりかねない。

僕が喋らないのなら、矍鑠伯爵としてはたちどころに『じゃあそれなら』と、普通に、今日子さんから聞き出そうとするだけなのだから。

名探偵に複数回接触するのはできれば避けたいというのが、矍鑠伯爵なりのリスクヘッジなのだろうけれど、それをどうしても避けなければならない理由は、彼にはない。ゆえに今となっては、ここで僕がぺろっと、今日子さんから聞いた作戦を喋ってしまうのが、検討の余地もないほどベストなのだ――問われているのが僕の身の安全のみならば、あるいは意地の通しようもあったかもしれないけれど、今日子さんの安全も問われているとなれば、もはやこれまでだ。

真相を、聞けば聞くほど完全敗北。

まあ、救いがあるとするなら、今日子さんはこんな敗北も、明日になれば忘れられるということか……、僕にとっては、一生忘れられない屈辱だとしても。

少なくとも、僕はもう二度と、今日子さんの助手を務めることはできないだろう――怪盗助手は言うまでもなく、探偵助手としても、失格である。なにせ置手紙探偵事務所にとっては絶対のタブーである、一番やっちゃあいけない『秘密の暴露』をしようというのだから、二度と、忘却探偵をサポートする資格はない。

それでいいのだろう。

僕みたいな奴は、おとなしく依頼だけしていればいいのだ——ワトソンになろうなんて、思い上がりもはなはだしかった。

「心の整理はつきましたかな？　できれば、食後のワインをいただく前に、教えていただきたいものなのですがな——しかしまあ、ごゆっくり。私はその間にデザートを選ぶとしますかな。ここのお勧めはエクレアですぞ？」

余裕の態度を見せる夔鑠伯爵に、僕は、「もうひとつだけ、こちらから教えて欲しいことがあります」と言った——訊くべきことは、もっとあるのかもしれないけれど、もうほとほと嫌になった。

探偵ごっこさえ、僕には不似合いである。

それを思い知りながら、なお訊かなければならないことがあるとすれば——それは、動機だった。

『怪盗淑女』が、そして夔鑠伯爵が、エッフェル塔を盗まんとする、その動機。

今や個人的には、怪盗がどんなつもりであのランドマークを狙っていようと、どうでもいい。どんな思想や、いかなる背景があろうとも知ったことかという投げやりな気持ちを抑えきれないくらいだったけれど、しかし、それを踏まえた上でもこれだけは、先に訊いておかざるを得ない。

　なぜなら、それによって、玃鑠伯爵に差し出すアイディアが変わってくるからだ――今日子さんは、一貫して『どうして私（『怪盗淑女』）は、エッフェル塔を盗もうとしているのか？』を、気にしていた。

　そもそも盗もうとなんてしていないのだから、それは答が出るはずもない、謎が謎を呼ぶだけの問いなのだけれど、彼女はそれならばと、複数の動機に合わせた、複数の盗みかたを考えていた。

　網羅推理の応用――しかし、それは逆に言うと、動機と方法の組み合わせがちぐはぐだったなら、まったく意味をなさなくなるということでもある。

　敗退した僕が、このまますごすご退却するためには、玃鑠伯爵のモチベーションに合わせた作戦を、提供せねばならないのだ。

　正直言って、僕が強めに推し通した『エッフェル塔消失トリック大作戦』は、的外れを通り越しての大暴投である可能性が、著しく高い……、あれを推したのは、犯罪性、事件性が低下するからというのがその理由であって、当然ながら、決して真犯人の、意に添おうとしていたわけではない。

　『世界中からやってくる観光客をびっくりさせたい』などという、イリュージョニストのような動機を、玃鑠伯爵が備えているとは、とても思えない……、まして子供好きかどうかは知らないが、『パリの景観を取り戻したい』も、ちょっと考えにくい。今日子さんが指摘していた通り、高層建築ならば他にもあるし、それを言い出したら建物に限らず、そもそもパリの風景そのものが、百年前からは一変している。

所狭しと車は走り回り、人はスマートフォンを片手に闊歩する。

同じままのものなんてない。

ならば、提供すべきは第一案の『バラバラ殺人大作戦』のほうなのか——だが、アルセーヌ・ルパンだったり、怪人二十面相だったり、いわば空想上の『怪盗』が、壮大なお宝を欲するというのは、ストーリーとしてはすんなりと受け入れやすいものだけれど、こうして実在の人物を目前にしてみると、やはり大きな違和感がある。

それもまた、子供じゃないのだ。

大人どころか、老人である。

『面白半分』や『ロマン』で、世界的ランドマークを盗もうとしているとは、信じられない……、だが、まったく違う動機だった場合、俄然、事態は切羽詰まったものになる。

フレンチに舌鼓を打っている場合ではなくなる——そうでなくともそんな場合ではないけれど、僕が第二案を推薦したいあまり、プレゼンのトリとして用意されていた第三案をあえて聞かなかったことが、致命的なまでに響いてくる。

　第三案の作戦名はなんだっけ……？　いや、作戦名はどうでもいいのだ。それよりも、トリのアイディアに、今日子さんはいったい、どんな『盗みの動機』を想定していたのだろうか？

　こうなれば、第三案が、プレゼンにおけるとっておきではなく、他の二案を際だたせるための捨て案だったことを願うばかりだが……、ともかく、僕は、祈るような気持ちで、矍鑠伯爵に最後の質問をする。

「あなたがそこまでして、エッフェル塔を欲しがる理由はなんですか？　それを聞くまでは、僕は何も喋りません──悪用されたら困りますから」

　エッフェル塔の悪用というのも、わけがわからないけれど、そんな言い訳を付け加える僕だった。

　矍鑠伯爵が、探偵ならぬ僕のような一般人にも、あくまで紳士然として接しているのは、僕が彼の欲しいもの──アイディア──を持っていると信じているからだ。

　まさかそれを、僕のボーンヘッドで取りこぼしているかもしれないとは、露ほども思っていまい。それ自体は、黒幕的存在の裏をかいたようで痛快でもあったが、それによって痛い目を見るのも、また僕である。

　なので、あくまでそれを悟られないように、僕はそんな補足をしたわけだが、それに対して矍鑠伯爵は、

「悪用はしませんよ。約束しましょう。泥棒は嘘をつき終わっています」

と笑った。

「…………」

「ムッシュ隠館。あなたの一番好きな、フランス文学者は誰ですか？」

僕が軽口に付き合わずに、無言を通すと、矍鑠伯爵は唐突に、まったく脈絡のない質問を返してきた。

フランス文学者？

いや、誰が一番とか、あんまりちゃんと考えたことはないけれど……、そもそも、翻訳文学を、そんなに多く読んでいるわけじゃないけれど……、この場合、やっぱり、モーリス・ルブランと答えるべきなのか？

「気を遣わなくてよいですよ。ミステリーにこだわることもありません。なんでしたら、ファンタジーでも、ＳＦでも」

「……じゃあ、ジュール・ヴェルヌでしょうか」

誰が怪盗になんて気を遣うかと思ったものの、結局これでは、誘導に乗ったようなものだった——だが、まあ、本音なのも確かだ。

「今、自分が旅行中だからってわけじゃないですけれど、『八十日間世界一周』は、愛読したものです」

「Bien!」

我が意を得たりと、矍鑠伯爵はテーブルを叩いた。

「まさしく。もっとも、私は『八十日間世界一周』よりも、『海底二万マイル』のファンですがね——信じられますか？　この二作の作者が、同一人物だなんて」

それを言い出したら、『月世界旅行』も『十五少年漂流記』も『地底旅行』も、ジュール・ヴェルヌの作品だ。歴史上のことだから当たり前みたいに受け止めているけれど、確かにとんでもない話である——どんなファンタジーよりもどんなSFよりも、その恐るべき筆力のほうが驚きである。

就職活動の合間に、文章らしきものを書いたりしている身としては、天才はいるんだと思わされる。

「同じことが、エッフェル氏についても言えます」

エッフェル氏？　エッフェル塔じゃなくて？

建築家、ギュスターヴ・エッフェル？

「百年以上前に、当時の技術からすれば最速で……、否、現代に照らし合わせたところでなお最速で、天にも届かんばかりの鉄塔を組み上げた、偉大なる建築家——ギュスターヴ・エッフェル。しかし、彼はそれ以上の人物なのです」

「それ以上って……」

「人物ではなく、傑物というべきでしょうな」

ここに来て、熱っぽく語る矍鑠伯爵に、僕はやや、押され気味になる。こちらの都合で、やむなく訊いただけの質問に、思った以上の熱量でもって答えられたことに、戸惑いを覚えずにはいられなかった。

「エッフェル塔はフランスのみならず、世界中の人間が知っているであろう、ランドマークです。人類の共有財産と言っても過言ではない。そうでしょう？」

「ええ、まあ……、そりゃあ。実際、世界遺産なわけですし……」

変な相槌（あいづち）を打ったり、迂闊に否定したりすると、その勢いのある言説にどんな影響を与えてしまうかわからないと、僕は曖昧な返答をせざるをえなかった——本当は、人類の共有財産だと思うのであれば、ますます、『面白半分』やら『ロマン』やらで、盗んでいいものじゃないことくらいわかるだろうと、厳しく指摘したかったけれど、思わず口をつぐんでしまう。

どちらにしても、土台、僕の意見など求めてはいなかったように、矍鑠伯爵は「では、ムッシュ隠館」と、続ける。

「エッフェル塔に匹敵する、あるいは双璧（そうへき）をなすとも言える人類の共有財産が、同じくギュスターヴ・エッフェルによって建築されていることをご存知ですかな？」

「………？」

エッフェル塔に匹敵する……？　双璧をなす、共有財産？

そんなことを急に言われても……、エッフェル塔と同じように登録されている世界遺産か？　それならいろいろ思いつくけれど……、歴史だったり思い入れだったりをさておいて、エッフェル塔と同じレベルの知名度となると、しかし世界遺産の中にだってそうあるものじゃないだろう。

その上で、条件を人造建築に限れば……、もうあれしかないと言ってもいい。迷いなく断定できる。だけど、そんなことが？　ある意味では、あれも『天にも届く塔』と言ってもいい形状だし、また、都市そのものの象徴、国そのものの象徴と言ってもいいけれど――だけど、にわかには信じがたい。

確かに、それが本当なのだとすれば、『八十日間世界一周』と『海底二万マイル』の作者が、同一人物だと知ったとき以来の衝撃だ。

「自由の女神――ですか」

「Bien!」

矍鑠伯爵は、喜色満面に頷いた。

「アメリカ合衆国、ニューヨーク湾内のリバティ島にそびえ立つ、世界一有名な女神です。知らない人間は、一人だっていないでしょう」

「…………」

僕なんかが今更解説するのも恐れ多いが、エッフェル塔がフランス共和国のシンボルであるなら、自由の女神はアメリカ合衆国それ自体と言ってもいいくらい、象徴的な建造物である。

中高生のときに、地理か世界史かで習った、ぼんやりとした記憶によれば、自由の女神は、確か、独立百周年を記念して、フランスからアメリカへと贈られたものなんじゃなかったっけ……、それくらいは、言うなら常識として知っていたけれど、だが、まさかエッフェル塔と自由の女神が、同じ作者の『作品』だっただなんて。

「ちなみに、エッフェル塔が完成したのと同じ年に、同じデザインの自由の女神が、在仏のアメリカ人からフランス共和国に贈られましたな。エッフェル塔のほど近くにありますが、ご覧になりましたかな？」

ご覧になっていない。

僕の持っている虎の子にして虎の巻のガイドブックには載っていなかった——ただ、自由の女神があって気付かないということはないだろうから、同じデザインと言っても、それは相似形という意味であって、そのサイズは違うのだろう。

だとしても、ならば立つ位置によっては、エッフェル塔と自由の女神を、並べて見ることができるということだろうか——塔として、建物として、並び立つものはないとばかり思っていたエッフェル塔だが、まさか同じ建築家によって、匹敵し、双璧を成すランドマークが建てられていたとは。

国の象徴（ランドマーク）。まさしくである。

独特過ぎてうまくたとえることがおよそできそうもないけれど、日本で言うなら、京都の金閣寺と奈良の大仏が、実は同じ作者だったみたいな感じか？

「たしかに、うまくたとえることができていませんな」

苦笑する夔鑠伯爵。

「あえて言うなら、札幌テレビ塔と、名古屋テレビ塔をデザインしたのが、同一人物です。ゆえに、両者は双子のようにそっくりですな」

それは、なんとなく知っていた。

どちらも見たことがあるわけじゃないが……、しかしその相似は、聞けばなるほどと納得できるエピソードである――エッフェル塔と自由の女神の作者が同一人物と聞いて、僕が今奇妙な感覚を、はっきり言えば認知的不協和のような気持ちを抱いているのは、両者のイメージが、まったくもって、違い過ぎるほど違うからだ。

エッフェル塔を建て、かつ、自由の女神も建てたなんて……、それはもう、天才とさえも言えないような、段違いのクリエイティヴィティじゃないのか？

クリエイトと言うか、もはやアートだ。

「ご理解いただけて嬉しいですよ、ムッシュ隠館。エッフェル氏に代わって、礼を言いましょう」

そんな台詞を仰々しく言う矍鑠伯爵だったが、僕だったらとても、『エッフェル氏に代わって』何かを言うことなんてできないだろう――そこは怪盗だけあって、抜け抜けとしたものだ。

だが、だからと言ってこの老人が、エッフェル氏に敬意を払っていないということではなさそうである――むしろ逆で、並々ならぬ思い入れを抱いている。

だからこそ。

「細かい解説を許していただけるなら、自由の女神が建てられたのは、一八八六年。エッフェル塔が建てられる、三年前ですな。アメリカ独立百周年記念作品の自由の女神、フランス革命百周年記念作品のエッフェル塔というわけです――三年を間に挟んでの、二大建築。美しいと思いませんか？」

「……だからこそ、ですか？」

「ん？」

「だからこそ、エッフェル塔を盗もうと言うんですか？　エッフェル氏の作品を、コレクションしようというんですか？　じゃあ、エッフェル塔を盗んだ次には、あなたは自由の女神を盗もうというんですか？」

それこそ、完全にイリュージョニストのやることである。

「まあ、自由の女神も欲しくないとは言いませんな。しかし、私のターゲットは、あくまでもエッフェル塔ですな——エッフェル氏の名が冠された、鉄の刺繡ですな」

「…………」

じゃあ、建築物そのものと同様に、建築家本人にも思い入れがあってエッフェル塔を欲しているのだという、やや予想の斜め上を行く変化球ではあったものの、つまりは『エッフェル塔が欲しい』という、盗みの動機としては、順当かつスタンダードなものでいいと言うことか。

ならば第一案『バラバラ殺人大作戦』が、提供するアイディアとして適切のようである——エッフェル塔を一気に盗むのではなく、少しずつ、細かく分解して、偽物と入れ替えるという盗みかた。

あのプレゼン（ブレスト）で検討した通り、ばかばかしいほど時間がかかるし、まともに考えれば、現実性はともかく実現性の低いアイディアではあるけれど、国境を越えて僕を翻弄（ほんろう）した矍鑠伯爵の執念があれば、この考えを、うまく発展させることだろう。

百点満点の解答ではなかろうが、考えるのを人任せにしておいて、そこまでを求めるほうがどうかしている——むしろ僕としては、矍鑠伯爵が無惨にも失敗してつかまってくれたらいいと、望まずにはいられない。

デザートも食べ終わり、もうすぐチーズとワインが出てくるタイミングになってしまったが、どうやら僕は、何事もなくとはとても言えないにしろ、故国に帰ることができそうだ――と。

忸怩たる思いに全身を支配されつつも、ちょっと安堵した僕を狙い打つように、

「そんな偉大なる建築家が」

と。

矍鑠伯爵は、更に続けた――弁舌の熱さを倍加させて、本題はここからだといわんばかりに。

「正当な評価を受けていないことが、私には我慢ならないのですな」

「……？　正当な評価を受けていない？　それは……、エッフェル塔と自由の女神の作者が、同一人物だとあんまり知られていないという意味ですか？」

いや、でも、それは僕が不勉強で知らなかっただけで、知ってる人はちゃんと知っているんじゃないのか？

確かに、僕が持っているガイドブックには載っていなかったけれど、それは書物の役割があくまでもフランスガイドだからであって、あるいは持ち歩けるハンディな案内本には紙幅に限りがあるからであって、建築について語る分厚い専門書ならば、前書きで書いてあるくらいの蘊蓄だと思うが……。

「問題はそこではありません。作者より作品が残る。そういう芸術もあるべきでしょう

——ただ、自由の女神に関してはそれでよくとも、エッフェル塔については、看過できない認識の誤謬があると、私は考えているのです」

矍鑠伯爵は、そうまくしたてる。日本語で会話しているはずなのに、まるで内容不明の外国語を聞いているかのようで、段々とヒアリングに苦労するようになってきた——彼はいったい、何を言おうとしているのだ？

「それこそ、あなたの持っているガイドブックにも、こう書いてあったんじゃありませんか？　エッフェル塔は、当初、すぐに取り壊される予定だったが、図らずもそののち、無線塔としての役割を持ち、軍事施設として維持されているうちに、テレビやラジオといった電波の発信塔としての役割を持った——言うならば、目的が後付けされた、と言うような説が」

「……はあ。まあ、書いてありましたけれど……」

それも、ガイドブックを読むまでは知らなかったことではあるけれど……、ただ、『説』という言いかたが気になる。

それはれっきとした史実なんじゃないのか？

エッフェル塔が建てられた時点では、無線通信技術なんて、ましてそれが必要になるような戦争なんて、起こっていなかったわけで……、民間人にとって電波がこうも身近な存在になったのは、ごくごく最近の話である。

そういう進歩に恵まれて、言うなら幸運に恵まれて、エッフェル塔は破壊されることなく、パリにあり続け、やがては国の象徴にまでなった――人類の進歩を感じさせる、運命の悪戯とも言うべきこのストーリーに、異論を唱えようというのか？

「ええ。お話としては、確かに美しいですし、そういうストーリーが、人の心を打つのはわかりますがねえ、しかし、あまりにも出来過ぎだとは思いませんか？　これと言った目的もなく建てられた塔が、その後、意図せず大きな役割を負うことになり、今も君臨しているだなんて。たとえば、たまたまフランスに旅行に来たあなたが、空港で顔見知りの名探偵に遭遇するくらいに、出来すぎだとは思いませんかな？」

「…………」

運命などではなく、偶然などでもなく。

その絵を描いた、脚本家がいたと言うのか？

だけど、この場合、それは――

「視点を変えれば、天才という言葉さえ似合わない、偉大なる建築家の名が冠された巨大なる塔が、その後、『たまたま役を成して』、『たまたま生き残った』なんてことがあると思いますかな？　それよりはむしろ――建築家は、そして芸術家は、そんな未来の到来を、的確に予測していたと考えるべきなのではないでしょうかな」

それは――

それは、論理が逆転している。

あまりに視点を変え過ぎている。

過剰なまでに、裏側から世界を見ている——いくらここが、日本から見て、世界の裏側だからと言って。

あくまでもエッフェル塔が現存しているから、エッフェル氏の名声がより一層高まっているのであって、逆ではないはずだ——もしも予定通り、万博終了後にエッフェル塔が解体されていたなら、シャン・ドゥ・マルス公園には、鉄脚がない以上、そのそばに彼の胸像もなかったはずだ。最上階に彼の人形が展示され、その変人ぶりを後世に知られることもなかったはずだ。

……だが、その場合は、今のパリの姿もなかったということになるのかもしれない。モンパルナス・タワーのような高層建築が林立する、花の都ならぬ林の都になっていたかもしれない。

そしてむろん、それが悪いというわけでもない——ビル街にはビル街の良さがあるわけで、それを一概に否定したものではない。

ただ。

パリの景観を破壊すると言われたエッフェル塔が存在し続けたからこそ、今のパリの風景があるのも、また確かだ——無線塔としての役割を果たし、都市を戦争被害から一定以上に防護したという意味合いも含めて。

まさかそこまで考えられた上で、建築家、ギュスターヴ・エッフェルは鉄塔を建てたというのか？

「何の証拠もありませんから、断言はしませんがね。ただし、私は探偵ではありませんからな。仮説を立てるのに、証拠を必要とはしませんな」

強いて言うなら、エッフェル塔の展望台から見える、三百六十度の美しい風景が、その証拠ですかな——と、矍鑠伯爵は言った。

「私は美しいストーリーよりも、美しい景色を重んじるのですな。だからこそ、心から欲するのです。心から、盗みたいと思うのです」

「エッフェル塔をですか？」

「いいえ。エッフェル塔に込められた、建築家の思想を。鉄の刺繍に編み込まれた更なる未来を。人類と世界が向かう、これから先を」

私は思想を盗むのです——怪盗紳士は、そんな犯行予告を口にした。

言葉を失うとは、まさにこのことである。

はっきり言えば、正面の老人が語った『仮説』は、信憑性(しんぴょうせい)に欠けるを通り越して、ほとんどオカルトみたいな話であって、こういう状況でもなければ、まったく取り合うには値しない——だけど今はこういう状況であって、しかも、困ったことに、そんな『動機』に答えられる提案を、僕はできないのだった。

今日子さんが怪盗として立案した、第一案『バラバラ殺人大作戦』も、第二案『エッフェル塔消失トリック大作戦』も、使いようがない――応用さえできない。矍鑠伯爵は、エッフェル塔そのものが欲しいわけでも、エッフェル塔を消した効果が欲しいわけでもないのだ。

エッフェル塔の設計思想を、欲しがっている。

思想がないから――思想を欲しがる。

今日子さんのアイディアを盗もうとしているのと、要は同じである――驚くべきことに、矍鑠伯爵は、知財を専門分野とする怪盗だったのだ。

ならば、解体されなかったエッフェル塔を解体するも同然の第一案も、エッフェル塔が保護したとも言えるパリの現在の景色から、そのエッフェル塔を取り除くことになる第二案も、まったく望まれている案ではない。

これは進退窮まった。

ああ、せめてあのとき、プレゼンテーションを途中で打ち切ったりせず、最後まで今日子さんの話を聞いていたなら、こんなことにはならなかったのに――と。

僕がこれでもかと言うほどの後悔に苛(さいな)まれたそのとき、

「左様ですか。そういうご注文でしたらば、こちらの第三案、『一人二役第三の大作戦』はいかがでしょうか？　エッフェル塔を盗みたい動機が『建築家の思想を知りたい』なのでしたら、きっとぴったり合うかと思います」

と、素晴らしいフルコースに相応しい、食後のワインをお勧めするように、言った。

いつからかテーブル脇に立っていた、ソムリエールが――ではない。

格好こそかしこまったソムリエールのそれだったが、薄暗い室内でも綺麗に映えるその白髪を、僕は知っている。

振り向いた矍鑠伯爵の視線を受けて、

「初めまして。探偵の掟上今日子です」

と、彼女は微笑んで名乗った。

探偵と名乗った。

7

すぐさま取り直して、笑みを返し、あくまでもどこまでも冷静な風を装って「どうしてここがわかりましたかな？」と、訊いてみせた矍鑠伯爵だったが、困惑しているのは明らかだった――無理もない。

今日子さんが、どこだかわからないここにいるだけでも驚きなのに、こともあろうか、彼女は自身を怪盗ではなく、探偵と認識している――それは依頼人であり真犯人である矍鑠伯爵にとって、あってはならないことであり、もっと言うなら、ありえないことなのだから。

僕だって驚きを隠せない。ひっくり返って椅子から転げ落ちなかったのが不思議なくらいだった――一方で、今日子さんはソムリエールの格好がすごく似合うとか、あまりにもどうでもいいことも思っていた。

そんな僕達の反応を満足げに見やり、今日子さんは、

「あなたと同じ方法を使ったんですよ、矍鑠伯爵。ブティックの店員さんに、お手伝いしていただきました。もっとも、私は紙幣を握らせるようなことはせず、誠意をもってお願いしただけですが。私は雇った人にお金を払うような、無粋な真似はいたしません」

と答えた。

いや、雇った人にお金を払うのは、無粋な真似じゃなくて、当たり前のことなのだけれど――ブティックの店員さん？

あのブランドショップの？

そう言えば、服を選んでいるとき、店員さん達とフランス語で何やら盛り上がっていたようだが――あのときに？

ひょっとして今日子さんは、自分が試着室に這入ったあと、一人になった僕を見張っているよう、店員さん達に頼んでいたのだろうか——そう言えば、やけにじろじろ、見られていたような気がする。あれは決して、僕を変質者と思って見ていたわけではないのか……、その後の店員さん達の目撃証言をもって、今日子さんは僕が拉致されたことを察知し、追跡の末に、このレストランを突き止めたということか。

そして、レストランの店員——ソムリエール——に変装し、僕と饗鑠伯爵の会話を、ひそかにうかがっていた。

ずっと気にしていた、怪盗の『動機』を知るために……、いや、待て、大筋はこれで間違っていないだろうけれど、不可解な点が散見する。

最速の探偵の行動原理に、思考がぜんぜん追いつかない——そうだ、どうして、そしていつ、今日子さんは、自分が、怪盗ではなく探偵だと気付いたのだ？　どこから聞いていたのかはわからないけれど、少なくとも僕と饗鑠伯爵の会話を聞いて、己の職業を知ったわけではなさそうだ。

僕の混乱を楽しむようににこりと笑って、今日子さんは、

「私には私が探偵だと、最初からわかっていました——とは、さすがに言えませんね。ご安心ください、饗鑠伯爵。私はまんまとあなたの策略にはまっていましたよ、試着室に這入るまでは」

と、穏やかな口調で老人に言う。

穏やかな口調で軽やかに言う。

「お友達になった店員さん達に厄介さんを見張っていただいていたのは、あくまで、用心のためでした――オープンカフェで、お洋服にワインがこぼされたタイミングが、あまりにどんぴしゃでしたのでね。私と厄介さんを分断したい誰かがいるのかもしれないと、そう思いました。ただ、それはあくまで怪盗としての思考であって、あのギャルソンはパリ警視庁からの差し金かもしれない、くらいの考えでしたよ」

「……では、試着室の中で、己の素性に気付かれたのですかな？　マドモアゼル掟上」

ようやく発された、矍鑠伯爵からの問いかけに、今日子さんは「Oui」と答えた――完璧なイントネーションのフランス語で。

だが、試着室の中？　それはおかしい。

あのフィッティングルームなら、店員さんににらまれながら（その時点で、今日子さんからの『お願い』はあったわけだが）、僕がさんざんチェックした。

誘拐されるような仕掛けがなかった代わりに、特に、今日子さんが、自身の正体に気付けるようなヒントもなかったはずだ。いくら敷居の高い高級ブランド店と言えど、あくまでもフィッティングルームは、姿見とハンガー掛けくらいしかない、ごく当たり前のフィッティングルーム……、いや、待て。

フィッティングルーム自体におかしな点はなかったけれど、そう言えば、中で着替える今日子さんの動作音に、ひとつだけ、違和感があった。

正確に言うなら、衣擦れの音が、不自然に止まった瞬間があった——ワインに染められた衣服を脱ぎ終わって、それから、ピックアップした燕尾服風の衣装を試着するまでに、結構なタイムラグがあった。

最速の探偵にはあるまじきタイムラグ。

あのとき、下着姿の今日子さんは何か、閃きを得ていたのか？

半裸状態だったのだから、今日子さんは左腕のプロフィールを、自然、鏡で見ることにはなっただろうけれど——

「…………、つまり姿見に映った己の左腕を見て、備忘録を読んで、山勘を働かせたということですかな？」

と、矍鑠伯爵が、探るように言った。

「備忘録が、鏡に反転して映ったのを見て、『ひょっとしたら、自分は怪盗ではなく、それとは正反対の探偵かもしれない』と、根拠もなくそう直感したと？」

あたかも、そんな当てずっぽうならば痛くもかゆくも、悔しくもなんともないと、強がっているような、いかにも挑戦的な矍鑠伯爵の物言いだったが、対する今日子さんは涼しげな顔で、「それもないとは言いませんけれど」と、応じた。

「基本的にはあなたの誤謬ですよ、甕鑠伯爵。右腕の予告状はともかくとして、左腕の備忘録が偽造されたものであると、気付いたのが先です」

「…………」

それを聞いて、甕鑠伯爵は黙る。

おそらくは彼も、僕と――僕程度と――同じことを考えているのだろう。

そりゃあ、どれだけ巧妙に筆跡を似せようとも、究極的には別人が書いた文字なのだから、まったく同じにはならないだろう――事実、僕は、それが第三者に偽造された二文字だと気付いた。

だけど、それはあくまで、僕の知る今日子さんのプロフィールと違っているから、肩書きが普段と正反対になっているからという、疑惑の目で見てこそ見抜けるような些細な違いである。

もしも甕鑠伯爵が、今日子さんの筆跡を真似て『探偵』と書いた二文字があったら、僕はそれを今日子さんの筆跡だと、何の不思議も感じないまま、受け入れてしまうかもしれない。

備忘録を頭から信じてしまっていた今日子さんが、なぜ、その思い込みから――ある種の洗脳から――脱することができたのか。

鏡に映った文字を見たからと言って――

「わかりませんか？　反転したからですよ」

今日子さんは、そこで腕まくりをして言った。

書かれているプロフィールの『怪盗。』の部分にバッテンがついて、その隣に、丸で囲まれた『探偵』の二文字が書き足されている。

『私は掟上今日子。怪盗。探偵。

一日ごとに記憶がリセットされる。』

「アートの街において、殊更演説するようなことではありませんけれど――絵画というのは、反転するとまったく様相が変わります。文字もまたしかり――確かに、私の筆跡をうまく真似たようですが、その酷似した文字も、裏返して見れば、違いが顕著に浮き彫りになりました」

あっ、と、ここでこそ矍鑠伯爵は、露骨に驚いた表情を見せた――それは、後悔の入り交じった驚きだった。

痛くもかゆくもないどころか。

悔しくてたまらないほど、手痛い失策だったのだ。

なぜなら、僕を誘拐するためとは言え、今日子さんを試着室へと誘導したのは、他ならぬ矍鑠伯爵本人なのだから。

そうだ。

漫画雑誌の編集長をしている紺藤さんから聞いたことがある——絵の上手い下手と言うのは、原稿用紙を裏返して見たときにこそ真価が問われるのだそうだ。裏から透かして見ても、つまり左右反転された状態でも同じように見えるほど、完成度の高い原稿ということになるのだとか——なんだか、アートと言うよりは職人の技術、あるいは技師の技術みたいな話だけれど、逆に言うと、裏側から見るときには、脳からの自動修正が入らないということなのだろう。

客観性が高まるのだ。

自分の絵であろうと、自分の文字であろうと、客観視することができて——その結果、今日子さんは、『怪盗』の二文字が、自分の手跡でないことに気付いたのだ。

だけど、それなら昨夜、ホテルのバスルームで気付いてもよかったんじゃあ——無理か、バスルームの鏡じゃ、すぐに曇って、水滴だらけになって、反射率が著しく低下し、文字の微妙な歪みなんて判別できない。

まして、それがどれだけトレードマークであろうとも、今日子さんも、お風呂に入るときくらいは眼鏡を外すだろう。鏡の前で裸身になって、かつ裸眼にならず、文字を認識するシチュエーションとなると、これはもう、試着室の中くらいしか考えられない。

だけど、そこまで考えろというのは無茶な話で、それを誤謬と言われるのは心外だろうが、それでも、結果としてそれが命取りとなったことを思うと、矍鑠伯爵にとっては、後悔しても後悔しきれないミスだろう。

「怪盗でないとして、だったら探偵だろうと推理したのは、あなたの仰せの通り、鏡で反転した文字を見て、正反対なんじゃないかと思ってのことですよ。地球の裏側だけにね。その部分だけは当て推量で申し訳ありません」

皮肉っぽくと言うよりは、むしろせめてもの慰めのように、探偵からそう言われ、怪盗は渋い顔で、

「フランスでワインを粗末にした罰が当たりましたかな」

と呟いた。

「ええ。きっと、パリでファッションを粗末にした罰も」

確かにその二点は、紳士ならざる振る舞いだった。

8

「もちろん、パリ警視庁には通報済みなのでしょうな?」

「ええ。善良な市民——ではありませんが、パリを愛する善良な観光客として、当然の義務ですから。ホテルの部屋で私を眠らせた事案、厄介さんを誘拐した事案は、れっきとした犯罪です」

何食わぬ顔をして――実際、フランス料理のレストランにいながら、彼女は何も口にしていない――今日子さんはそう言った。

「レストランの店員さん達にも、詳細はお伝えしてあります。倫理観までは貸し切れませんね。あなたの正体をお話ししたら、ソムリエールの衣装も快く貸してくださいましたし、皆さん、とても協力的でしたよ」

「……完全に包囲されている、ということですかな？」

「ところがそうでもありません。遺憾ながら、依頼人の利益を第一に考えるのも、探偵の譲れない義務ですから」

と、今日子さんは言った――その言葉に、矍鑠伯爵は、怪訝そうな表情を浮かべる。

それに取り合わず、今日子さんは、「先程のお話をうかがっている限り、どうやらあなたは実際には、パリ警視庁に、犯行予告状を出してはいないようですしねえ」と、同じ調子で続けた。

「まあ、クライアントとして私を呼び出すためには、『予告状を出した』と、嘘をつくだけで十分ですものね。なので、余罪や前科のほどは知りようもありませんけれど、それを問い詰めるほど、私の心は正義感に満ちてもおりません。目の前でおこなわれる犯罪を防げれば、それでよしとします」

「……逃亡の猶予(ゆうよ)をいただけると？」

「さあ、どうでしょう。そもそも、逃亡も何も、はっきり言って、忘却探偵であるこの私に、パスポートなしの海外旅行を斡旋できるような立場にあられる大物のあなたを、法で裁けるとも思いませんし――必要とあらば、戦うことも厭いませんけれど」

落としどころを探るような、それでいて、戦うことを望んでいるような、どちらとも取れる今日子さんの口調に、矍鑠伯爵は、「…………」と、静かに、じっくり考え込むような仕草を見せる。

「せめて最後は紳士らしく、今すぐそのお席を私に譲っていただけるのであれば、これ以上ことを荒立てようとは思わないかもしれませんけれども？」

「……この席だけで、よいのですかな？」

「ええ。ここまでの旅程で使ってしまった前金は返しようがありませんが、成功報酬は、その席だけで十分です。私は職業探偵ですのでね――コンプライアンスに基づき、盗品と悪党の金には手をつけません」

洒落のめしたことを言われ、肩を竦めた矍鑠伯爵は、ゆっくりと立ち上がった――そして立ちっぱなしだった今日子さんに、空いた席を引いて、うやうやしく示す。

「Merci beaucoup」

と、今日子さんがしとやかに座ったのを受けて、怪盗は静かに去っていく――と、しかし、そこで足を止めて、振り向かないままに、

「ところで、第三案『一人二役第三の大作戦』とは、いったいどのようなものだったのですかな？」

と、訊いた。

「ひとまずはこの国から、そして日本からも高飛びしなければならなくなった今更、あなたのアイディアを盗もうとは思いませんが、よければ敬老精神をもって、教えてもらえないものでしょうか」

「構いませんよ。お年寄りからいい席を譲っていただきましたから」

矍鑠伯爵としては、答を期待していたわけではないだろうが、今日子さんはスリムな身体には不似合いなくらい、太っ腹なことを言った。

僕の正面にあたるそこはそんなにいい席なのだろうか――僕の肩越しに何か見えるのだろうか。窓にはすべてぶ厚いカーテンが降りているのだから、特に眺めがいいとも思えないけれど。

「この知財は悪用のしようもありませんし、むしろ是非、あなたのような犯罪者にこそ、聞いていただきたい思想です」

老人を立たせたままで長話になるのはどうかと思ったが、しかし、怪盗ではないにせよ淑女たる今日子さんが、そして最速の探偵である今日子さんが、ここで長話などするはずがなかった――ある意味、フランス旅行のメインディッシュとも言える、肝心要の部分を、彼女はさらりと述べる。

「第三案とは言いましたが、先ほど、話を盗み聞いた――失礼、側聞した、ギュスターヴ・エッフェル氏に関する矍鑠伯爵の解釈、かの建築家がはるかな未来を見通していたという仮説は、私の中にはないものでした。なので、それに合わせていくらかは微調整させていただきます」

「ご随意に」

背中を向けたままの矍鑠伯爵の言葉を受けて、

「エッフェル塔ではなく、そこに込められた思想を盗むというのであれば、実物を盗む必要はありません。手荷物検査を受けて、正規の入場料を支払って、行列に並んで、内部を見せていただけば――あるいは、公園の外から遠目に眺めさせていただければ、それで事足ります。怪盗としては、スマートなやり口になりますね。物質ではなく、魂に価値を見出すのも、芸術的です」

盗みは芸術ですからねえ――と、今日子さんは言った。

もう怪盗ではないと言っても、怪盗そのものに対する思い入れまで、失ってはいないようである。

「同時に芸術は盗みでもあります。パリがはぐくんだ世界一の画家、パブロ・ピカソいわく、『素人は真似をする、天才は盗む』――だそうですが、今は亡きエッフェル氏も、百年後の世界に己の思想が拡散することを、厭わないでしょう。ところで、そのエッフェル氏が、ニューヨークにそびえ立つ自由の女神の作者でもあることを、矍鑠伯爵は論拠にしてましたが、そこまで考えられたのであれば、彼の思想に——設計思想に至るまで、あと一息だったと言えます。一人二役とも言える、彼の八面六臂（はちめんろっぴ）の活躍に、どんな意味があったか」

今日子さんは早口で、しかし決してまくしたてるようにではなく、歌うように抑揚のついた、とてもヒアリングしやすい口調で言う。一息と言うなら、息継ぎをしていないかのようだった。

「して、その設計思想……とは？」

紳士として、がっついているように思われたくないのか、対照的に、過度に落ち着いた口調で合いの手を入れる矍鑠伯爵。

「自由の女神は、その名の通り、自由をテーマに掲げた作品です。自由の国、アメリカ合衆国の象徴として、それ以上に相応しい像はないでしょう」

言って、今日子さんは片手をあげた。

何の真似かと思ったが、そこはシンプルに、自由の女神のポーズらしい。

「そしてその数年後に建てられたエッフェル塔は、万博のために建てられた塔——友愛の象徴と言えましょう。当初は赤をベースに塗装されていたそうですし、今でも夜になれば、あかあかとライトアップされますしね」

その間様々な色合いのお色直しもありましたが、あなたの説によると、エッフェル氏は未来を見通していたそうですから——と、今日子さんは言ったが、その意味は、僕にはわからなかった。

そもそもがレッドベースで、赤々とライトアップされていたら、なんだと言うのだ？

確か、東京タワーが赤くペイントされているのは、航空法の関係だと聞いたことがあるけれど……、エッフェル塔となると、国が違うのだから、法律も違うはずで……、でも、最初にレッドベースだったのは、あくまでも錆止めの色なんじゃあ……。

友愛の象徴？

それは、アメリカ合衆国が自由の国であるように、フランス共和国が愛の国だからか

——いや、違う、それだけじゃない。

赤（ルージュ）。そして——青（ブルー）だ。

それこそ、ガイドブックの、前書きに書いてあった——フランス共和国の国旗、推理小説じみた伏線など張るまでもなく、誰もが知っているトリコロール。

赤（ルージュ）と白（ブラン）と青（ブルー）。

赤が友愛で——青は自由を意味する。

ならば、間に挟まれた白は？

「白(ブラン)は、平等を意味します」

今日子さんは己の白髪を指差して、言った。

「友愛と自由を、ヨーロッパとアメリカ大陸、すなわち、世界の両面に配置することで、地球を平等に包んでみせた。そんな未来を設計した。言語の塔ならぬ平等の塔。平等ゆえに、その塔には高さはありません――低さもありません。自由と友愛との間に建てられた、誰にも盗めない塔」

なーんて『お宝』は如何でしょう？

と、今日子さんはおどけるような明るい口調で、まとめた。

自身を怪盗だと信じていた頃に考えたことなのだから当たり前だが、とても謎解きとは言えないし、また仮説とさえも言えない、美学だけを、あるいは思想だけを求めたような解釈だったが――しかし、それゆえに、最後までこちらに背中を向けたままだった、同じ怪盗の心を打ったらしい。

「自由の塔と友愛の塔を建てることで、その間の空白に平等の塔を設計した――ですか。百年以上経った今でも、しかし、高さのない塔がそびえ立っているとは、言えませんな。むしろ格差は広がる一方です。『八十日間世界一周』ではありませんが、世界は窮屈になる一方ですよ」

「そうですか。生憎、忘却探偵ゆえに、最近の世情は存じ上げませんが――でも、いつか実現できるんじゃないですか？　偉大なる建築家が、そう予想したと言うのなら」

今日子さんが打った、そんな無責任な相槌を受けて、矍鑠伯爵はようやく振り返った。

どの角度から見ても印象に残らない、茫洋（ぼうよう）とした雰囲気の老人だったが——そのとき、浮かべていた表情だけは、焼き付けられたように、僕の印象に残った。

「……マドモアゼル掟上。先ほど、ムッシュ隠館には、実際には何も知らないと言いましたが——実際の実際には、もしかすると私は、あなたの過去を知っているかもしれませんよ？　だとすれば、それを聞きたくはありませんか？」

彼がいったいどんなつもりでそんなことを言ったのかは、不明だった。してやられた意趣返しのつもりか、それとも、ほとんど無償で提供された第三のアイディアに、紳士として返礼をせずにはいられなかったのか。

だが、実際にしろ、実際の実際にしろ、とどのつまりの実際問題として、過去を知ると匂わしたのがただのはったりだったなら、その時点ではまごうことなき名探偵だった今日子さんがそれを信じたかどうかは、疑わしくはあった。

たとえ偽装であれ、多少の真実性がそこにあったからこそ、彼女は、動かざるを得なかったのではないか？　置手紙探偵事務所のルールを曲げて、フランスに足を延ばさねばならなかったのではないか？　あるいは依頼内容の中に、信じるに足る何かが、信じずにはいられない何かが、あったんじゃないだろうか――いずれにしても、今日子さんはこう答えた。

「聞いても、どうせ忘れちゃいますからねえ」

「…………」

「あなたがクライアントとして、『昨日の私』にどのように依頼をしたのかは、もうすっかり忘却の彼方ですけれど――たぶん、本当に私は、フランスにお買い物に来たかっただけなんですよ。その上で、素敵な男性とおいしいワインをいただければ、言うことはありませんね」

私の過去に、私以上に興味のない人間はいませんよ――と、言いながら忘却探偵は、怪盗紳士との会話を締めくくり、うきうきとワインリストに目を通し始めたのだった。

9

「忘れてしまう前にお尋ねしたいんですけれど……、今日子さん、どこまで本気だったんですか？　矍鑠伯爵に語った、あの第三案。『一人二役第三の大作戦』」

「なにせ、百年近く前に亡くなってらっしゃるかたの思想ですからね。正直、何とでも言えますし、何とも言えません。エッフェル氏が塔の実用性についてプレゼンした中には、確かに将来の軍事利用を見据えたプランもあったようですが、それは正直建前っぽいですし……、私にはエッフェル塔の設計思想に、無線塔や電波塔としての役割が含まれていたとは、到底、思えませんね——夢を壊すようなことを言えば、エッフェル塔のデザイン自体は、彼が社長を務める会社の社員から上がってきたアイディアですし、自由の女神像にしたって、決して、エッフェル氏が自由に建てられたわけじゃないんですから。エッフェル社の担当は像の骨組みであって、女神像の部分はバルトルディの作品なんです」

矍鑠伯爵が薄暗いレストランを去り、ふたりきりになったところで僕が、おずおずと質問すると、今日子さんは、三杯目になるワインを嗜みながら、澄ました顔でそう笑った。

まったく酔いが顔に出ない人だ。

「むろん、そんなことは承知の上で矍鑠伯爵はああ仰っていたのでしょうが、エッフェル氏の作品には生活に役立つ橋、技師として取り組んだ、地域に密着した仕事もたくさんあるのです。私は、たまたま建てた鉄塔が、その後たまたま役に立ったというストーリーのほうが好きですよ。出来過ぎなのがいいんじゃないですか。エッフェル氏が生涯をかけて、その頂上に暮らしてまで、塔の保存に注力したことは間違いないんですから——アート性を尊重したく思います。私は偉人よりも変人が好きです。そもそも私が考えていた第三案の『一人二役第三の大作戦』は、自由の女神とエッフェル塔を建てたエッフェル氏の跡を継ぐ形で、第三の塔を打ち立てようというアイディアでしたから」

それを矍鑠伯爵の仮説にアジャストした結果、国旗に照らし合わせた平等が表現されているのだという、かなり思想めいたものになったわけか……、まあ、解釈や仮説としては、どちらも面白い発想ではあるけれど、こうしてすべてが解決してみると、やや肩透かしの感も否めない。

どちらにしたって、精神的な解決だ。

全長三百メートルを超す鉄塔を盗むという、壮大でハイスケールの物語の結末としては、『本当の幸せは、日常の中にこそあるんだよ』と、マニュアルに則った教訓で丸め込まれてしまったみたいな気分である。

現実なんてそんなものか。

矍鑠伯爵の罪名は、法に照らし合わせて考えれば、知的財産詐欺と言われるものであって、決して痛快な怪盗の、美学に基づいた盗みなんてものじゃない――そもそも、現実には怪盗なんていうわけがないんだし。

「あら。なんだか、がっかりさせちゃってます？　せっかくお席を譲っていただいたのに、私、厄介さんをときめかせることができていないのでしょうか」

「あ、いえ、とんでもないです……、ただ、エッフェル塔を盗むなんて、やっぱり無理難題なんだなって思って」

「難題ではありますが、無理ではありませんよ？」

嘘だと思うならカーテンを開けて外をご覧くださいな、と、今日子さんは、窓を指さした——なんだろうと思いつつ、僕はその言葉に従う。

カーテンの向こうには、花の都パリの、夜の町並みが広がっていた——よかった、地獄まで誘拐されてきたわけではなかったらしい。今までカーテンが閉まっていたのでわからなかったが、このレストランは、それなりの高層階にあるようで、パリの夜景を一望できるような形だ。

ただ、その夜景を見回して見るも、あかあかと光る、エッフェル塔の姿は見えなかった——方向が違うのだろう。

そう思って、僕は反対側の窓にかかったカーテンを引く。

「……あれ？」

それでも、エッフェル塔の姿はどこにもなかった。

馬鹿な、地面を歩いているときならともかく、この高さから見て、あの巨大な建造物が見えないなんてことがあるわけがない——怪盗に盗まれでもしない限り。

「ど——どんな手を使ったんですか、今日子さん！」

「どんな手かと問われれば、第二案ですとも。『エッフェル塔消失トリック大作戦』

——本当は、夜が更けてもきらびやかな町の中、塔のライトアップだけを消すことで、塔を見えなくしようとか、そんな計画を立てていたんですがね。もっともらしく投光を『友愛の象徴』だとか語っちゃったあとでは、そのトリックはとてもじゃありませんが使えませんので、矍鑠伯爵が、粋な計らいとして設定されていたシチュエーションを、そのまま活用させていただきました」

脳天を撃ち抜かれたような衝撃に振り向いた僕に対して、四杯目となるワインを傾けながら、今日子さんは種明かしをした。

「あなたがさらわれてきたこのレストラン、エッフェル塔の中にあるんですよ」

パリで唯一、エッフェル塔が見えない場所ですね——と、誰も傷つけることなく淑女的に、塔を嫌った文豪の思想を、忘却探偵は見事、盗んでみせたのだった。

付記

こうして波乱の事件は幕を閉じ、僕と今日子さんは、ルーヴル美術館とヴェルサイユ宮殿とモン・サン・ミッシェルを観光したのち、無事に日本に帰ったのだった——と、この旅行記を終えられたらよかったのだが、残念ながら、そんな素晴らしいエンディングは迎えられなかった。

怪盗紳士が去ろうとも、運命の悪戯は続いたのである。

翌日、記憶がリセットされた今日子さんを、ひと波乱ありつつも僕が空港までアテンドしたのだけれど、そこで僕達を待ち受けていたのは、黒服を着た謎の男達と黒いローブをまとった謎の女達、そしてイギリス行きのチャーター便だった。

向かった先で今日子さんは、現代に蘇ったモリアーティ教授を名乗る奇妙奇天烈（きてれつ）な魔術師と、切った張ったの推理合戦をすることになる——それはもう、とても一言では語り尽くせない、イギリス全土を揺るがすてんやわんやの冒険譚（ぼうけんたん）だったのだが、もしもその中にせめてもの救いがあるとすれば、そちらの異国では掟上今日子は、一貫して探偵であり続けられたということだろうか。アルセーヌ・ルパンよろしくの怪盗淑女を演じた今日子さんも決して悪くはなかったけれど、やっぱり本家（ホームズ）が一番だ。

僕と今日子さんの、一方的な思い出が詰まった旅行記の第二弾を、いつの日か、忘れた頃に読んでもらえる、そんな機会があればいい。

本書は二〇一六年十一月、小社より単行本として刊行されました。

|著者| 西尾維新　1981年生まれ。2002年に『クビキリサイクル』で第23回メフィスト賞を受賞し、デビュー。同作に始まる「戯言シリーズ」、初のアニメ化作品となった『化物語』に始まる〈物語〉シリーズ、「美少年シリーズ」など、著書多数。

掟上今日子の旅行記（おきてがみきょうこのりょこうき）

西尾維新（にしおいしん）

定価はカバーに
表示してあります

2023年３月15日第１刷発行

発行者——鈴木章一
発行所——株式会社　講談社
東京都文京区音羽2-12-21　〒112-8001
電話　出版（03）5395-3510
　　　販売（03）5395-5817
　　　業務（03）5395-3615

Printed in Japan

デザイン—菊地信義
本文データ制作—講談社デジタル製作
印刷———凸版印刷株式会社
製本———株式会社国宝社

ISBN978-4-06-530633-8

講談社文庫刊行の辞

二十一世紀の到来を目睫に望みながら、われわれはいま、人類史上かつて例を見ない巨大な転換期をむかえようとしている。

世界も、日本も、激動の予兆に対する期待とおののきを内に蔵して、未知の時代に歩み入ろうとしている。このときにあたり、創業の人野間清治の「ナショナル・エデュケイター」への志を現代に甦らせようと意図して、われわれはここに古今の文芸作品はいうまでもなく、ひろく人文・社会・自然の諸科学から東西の名著を網羅する、新しい綜合文庫の発刊を決意した。

激動の転換期はまた断絶の時代である。われわれは戦後二十五年間の出版文化のありかたへの深い反省をこめて、この断絶の時代にあえて人間的な持続を求めようとする。いたずらに浮薄な商業主義のあだ花を追い求めることなく、長期にわたって良書に生命をあたえようとつとめるところにしか、今後の出版文化の真の繁栄はあり得ないと信じるからである。

同時にわれわれはこの綜合文庫の刊行を通じて、人文・社会・自然の諸科学が、結局人間の学にほかならないことを立証しようと願っている。かつて知識とは、「汝自身を知る」ことにつきていた。現代社会の瑣末な情報の氾濫のなかから、力強い知識の源泉を掘り起し、技術文明のただなかに、生きた人間の姿を復活させること。それこそわれわれの切なる希求である。

われわれは権威に盲従せず、俗流に媚びることなく、渾然一体となって日本の「草の根」をかたちづくる若く新しい世代の人々に、心をこめてこの新しい綜合文庫をおくり届けたい。それは知識の泉であるとともに感受性のふるさとであり、もっとも有機的に組織され、社会に開かれた万人のための大学をめざしている。大方の支援と協力を衷心より切望してやまない。

一九七一年七月

野間省一

講談社文芸文庫

柄谷行人
柄谷行人対話篇Ⅲ　1989－2008
東西冷戦の終焉、そして湾岸戦争を通過した後の資本にどう対抗したらよいのか？根源的な問いに真摯に向き合ってきた批評家が文学者とかわした対話十篇を収録。

978-4-06-530507-2
かB20

フローベール　蓮實重彥 訳
三つの物語／十一月
解説＝蓮實重彥

生前発表した最後の作品集「三つの物語」と、若き日の恋愛を描き『感情教育』の母胎となった「十一月」。『ボヴァリー夫人』と並び称される名作を第一人者の訳で。

978-4-06-529421-5
フD1

西尾維新 零崎人識の人間関係 無桐伊織との関係
西尾維新 零崎人識の人間関係 零崎双識との関係
西尾維新 零崎人識の人間関係 戯言遣いとの関係
西尾維新 xxxHOLiC アナザーホリック ランドルト環エアロゾル
西尾維新 難民探偵
西尾維新 少女不十分
西尾維新 本題 〈西尾維新対談集〉
西尾維新 掟上今日子の備忘録
西尾維新 掟上今日子の推薦文
西尾維新 掟上今日子の挑戦状
西尾維新 掟上今日子の遺言書
西尾維新 掟上今日子の退職願
西尾維新 掟上今日子の婚姻届
西尾維新 掟上今日子の家計簿
西尾維新 新本格魔法少女りすか
西尾維新 新本格魔法少女りすか2
西尾維新 新本格魔法少女りすか3
西尾維新 新本格魔法少女りすか4
西尾維新 人類最強の初恋

西尾維新 人類最強の純愛
西尾維新 人類最強のときめき
西尾維新 人類最強のsweetheart
西尾維新 りぽぐら！
西尾維新 悲鳴伝
西尾維新 悲痛伝
西村賢太 どうで死ぬ身の一踊り
西村賢太 夢魔去りぬ
西村賢太 藤澤清造追影
西村賢太 瓦礫の死角
西川善文 ザ・ラストバンカー 〈西川善文回顧録〉
西川司 向日葵のかっちゃん
西加奈子 舞台
丹羽宇一郎 民主化する中国 〈習近平がいま本当に考えていること〉
貫井徳郎 新装版 修羅の終わり(上)(下)
貫井徳郎 妖奇切断譜
額賀澪 完パケ！
A・ネルソン 「ネルソンさん、あなたは人を殺しましたか?」
法月綸太郎 雪密室

法月綸太郎 法月綸太郎の冒険
法月綸太郎 新装版 密閉教室
法月綸太郎 怪盗グリフィン、絶体絶命
法月綸太郎 怪盗グリフィン対ラトウィッジ機関
法月綸太郎 キングを探せ
法月綸太郎 名探偵傑作短篇集 法月綸太郎篇
法月綸太郎 新装版 頼子のために
法月綸太郎 誰彼 〈新装版〉
法月綸太郎 法月綸太郎の消息
乃南アサ 不発弾
乃南アサ 地のはてから(上)(下)
乃南アサ チーム・オベリベリ(上)(下)
野沢尚 破線のマリス
野沢尚 深紅
野村克也 宮本慎也 師弟
乗代雄介 十七八より
乗代雄介 本物の読書家
乗代雄介 最高の任務
橋本治 九十八歳になった私

講談社文庫 目録

長谷川 卓　嶽神列伝 逆渡り
長谷川 卓　嶽神伝 血路
長谷川 卓　嶽神伝 死地
長谷川 卓　嶽神伝 風花(上)(下)
原田マハ　夏を喪くす
原田マハ　風のマジム
原田マハ　あなたは、誰かの大切な人
畑野智美　海の見える街
畑野智美　南部芸能事務所 season5 コンビ
早見和真　東京ドーン
はあちゅう　半径5メートルの野望
はあちゅう　通りすがりのあなた
早坂 吝　○○○○○○○○殺人事件
早坂 吝　虹の歯ブラシ〈上木らいち発散〉
早坂 吝　誰も僕を裁けない
早坂 吝　双蛇密室
浜口倫太郎　22年目の告白〈―私が殺人犯です―〉
浜口倫太郎　廃校先生
浜口倫太郎　AI崩壊

原田伊織　明治維新という過ち〈日本を滅ぼした吉田松陰と長州テロリスト〉
原田伊織　列強の侵略を防いだ幕臣たち〈続・明治維新という過ち〉
原田伊織　〈明治維新という過ち・完結編〉虚像の西郷隆盛 虚構の明治150年
原田伊織　三流の維新 一流の江戸〈明治は「徳川近代」の模倣に過ぎない〉
葉真中 顕　ブラック・ドッグ
原 雄一　宿命〈國松警察庁長官を狙撃した男・捜査完結〉
濱野京子　with you
橋爪駿輝　スクロール
平岩弓枝　花嫁の日
平岩弓枝　はやぶさ新八御用旅(一)〈東海道五十三次〉
平岩弓枝　はやぶさ新八御用旅(二)〈中仙道六十九次〉
平岩弓枝　はやぶさ新八御用旅(三)〈日光例幣使道の殺人〉
平岩弓枝　はやぶさ新八御用旅(四)〈北前船の事件〉
平岩弓枝　はやぶさ新八御用旅(五)〈諏訪の妖狐〉
平岩弓枝　はやぶさ新八御用旅(六)〈紅花染め秘帳〉
平岩弓枝　新装版 はやぶさ新八御用帳(一)〈大奥の恋人〉
平岩弓枝　新装版 はやぶさ新八御用帳(二)〈江戸の海賊〉
平岩弓枝　新装版 はやぶさ新八御用帳(三)〈又右衛門の女房〉
平岩弓枝　新装版 はやぶさ新八御用帳(四)〈鬼勘の娘〉

平岩弓枝　新装版 はやぶさ新八御用帳(五)〈御守殿おたき〉
平岩弓枝　新装版 はやぶさ新八御用帳(六)〈春月の雛〉
平岩弓枝　新装版 はやぶさ新八御用帳(七)〈寒椿の寺〉
平岩弓枝　新装版 はやぶさ新八御用帳(八)〈春怨 根津権現〉
平岩弓枝　新装版 はやぶさ新八御用帳(九)〈王子稲荷の女〉
平岩弓枝　新装版 はやぶさ新八御用帳(十)〈幽霊屋敷の女〉
東野圭吾　放課後
東野圭吾　卒業
東野圭吾　学生街の殺人
東野圭吾　魔球
東野圭吾　十字屋敷のピエロ
東野圭吾　眠りの森
東野圭吾　宿命
東野圭吾　変身
東野圭吾　仮面山荘殺人事件
東野圭吾　天使の耳
東野圭吾　ある閉ざされた雪の山荘で
東野圭吾　同級生
東野圭吾　名探偵の呪縛

東野圭吾　むかし僕が死んだ家
東野圭吾　虹を操る少年
東野圭吾　パラレルワールド・ラブストーリー
東野圭吾　天空の蜂
東野圭吾　どちらかが彼女を殺した
東野圭吾　名探偵の掟
東野圭吾　悪意
東野圭吾　私が彼を殺した
東野圭吾　嘘をもうひとつだけ
東野圭吾　赤い指
東野圭吾　流星の絆
東野圭吾　新装版 浪花少年探偵団
東野圭吾　新装版 しのぶセンセにサヨナラ
東野圭吾　新参者
東野圭吾　麒麟の翼
東野圭吾　パラドックス13
東野圭吾　祈りの幕が下りる時
東野圭吾　危険なビーナス
東野圭吾　時生〈新装版〉

東野圭吾　希望の糸
東野圭吾作家生活25周年祭り実行委員会　東野圭吾公式ガイド〈読者1万人が選んだ東野作品人気ランキング発表〉
東野圭吾作家生活35周年実行委員会 編　東野圭吾公式ガイド〈作家生活35周年ver.〉
平野啓一郎　高瀬川
平野啓一郎　ドーン
平野啓一郎　空白を満たしなさい(上)(下)
百田尚樹　永遠の0
百田尚樹　輝く夜
百田尚樹　風の中のマリア
百田尚樹　影法師
百田尚樹　ボックス！(上)(下)
百田尚樹　海賊とよばれた男(上)(下)
平田オリザ　幕が上がる
東　直子　さようなら窓
蛭田亜紗子　凜
樋口卓治　ボクの妻と結婚してください。
樋口卓治　続・ボクの妻と結婚してください。
樋口卓治　喋る男
平山夢明　魂豆腐〈大江戸怪談どたんばたん(土壇場譚)〉

平山夢明 宇佐美まこと ほか　超怖い物件
東川篤哉　純喫茶「一服堂」の四季
東山彰良　流
東山彰良　女の子のことばかり考えていたら、1年が経っていた。
平田研也　小さな恋のうた
日野　草　ウェディング・マン
平岡陽明　僕が死ぬまでにしたいこと
ビートたけし　浅草キッド
藤沢周平　新装版 春秋の檻〈獄医立花登手控え(一)〉
藤沢周平　新装版 風雪の檻〈獄医立花登手控え(二)〉
藤沢周平　新装版 愛憎の檻〈獄医立花登手控え(三)〉
藤沢周平　新装版 人間の檻〈獄医立花登手控え(四)〉
藤沢周平　新装版 闇の歯車
藤沢周平　新装版 市塵(上)(下)
藤沢周平　新装版 決闘の辻
藤沢周平　新装版 雪明かり
藤沢周平　義民が駆ける〈レジェンド歴史時代小説〉
藤沢周平　喜多川歌麿女絵草紙
藤沢周平　闇の梯子

2022年12月15日現在